SE ADAPTAR

Cet ouvrage, publié dans le cadre du Programme d'Aide à la Publication année 2022 Carlos Drummond de Andrade de l'Ambassade de France au Brésil, bénéfcie du soutien du Ministère de l'Europe et des Affaires étrangères.

Este livro, publicado no âmbito do Programa de Apoio à Publicação ano 2022 Carlos Drummond de Andrade da Embaixada da França no Brasil, contou com o apoio do Ministério francês da Europa e das Relações Exteriores.

Cet ouvrage a bénéficié du soutien des Programmes d'aides à la publication de l'Institut Français.

Este livro contou com o apoio à publicação do Institut Français.

SE ADAPTAR

CLARA DUPONT-MONOD

tradução Diego Grando

Porto Alegre · São Paulo · 2022

Copyright © 2021 Éditions Stock
Título original: *S'adapter*

CONSELHO EDITORIAL Eduardo Krause, Gustavo Faraon, Luísa Zardo, Rodrigo Rosp e Samla Borges
TRADUÇÃO Diego Grando
PREPARAÇÃO Samla Borges
REVISÃO Raquel Belisario e Rodrigo Rosp
CAPA E PROJETO GRÁFICO Luísa Zardo
FOTO DA AUTORA Olivier Roller

DADOS INTERNACIONAIS DE
CATALOGAÇÃO NA PUBLICAÇÃO (CIP)

D938s Dupont-Monod, Clara
Se adaptar / Clara Dupont-Monod ; trad. Diego Grando. — Porto Alegre : Dublinense, 2022.
144 p. ; 21 cm.

ISBN: 978-65-5553-071-1

1. Literatura Francesa. 2. Romances Franceses. I. Grando, Diego. II. Título.

CDD 843.91 • CDU 840-31

Catalogação na fonte:
Ginamara de Oliveira Lima (CRB 10/1204)

Todos os direitos desta edição reservados à Editora Dublinense Ltda.

Av. Augusto Meyer, 163 sala 605
Auxiliadora Porto Alegre RS
contato@dublinense.com.br

Se eles se calarem, as pedras clamarão.
Lucas, 19:40

O que quer dizer "normal"?
Minha mãe é normal, meu irmão é normal.
Eu não tenho a mínima vontade de ser como eles!

A menina inclinada,
BENOÎT PEETERS E FRANÇOIS SCHUITEN

O MAIS VELHO

Um dia, numa família, nasceu um menino inadaptado. Ainda que de uma crueldade degradante, é esse o termo que dá a real dimensão de um corpo mole, de um olhar móvel e vazio. "Estragado" seria descabido, "inacabado" também, visto que essas categorias se referem a um objeto fora de uso, pronto para o descarte. "Inadaptado" pressupõe justamente que o menino existia fora do âmbito funcional (a mão serve para agarrar, as pernas para avançar) e se mantinha, no entanto, à beira das outras vidas, não completamente integrado a elas, mas ainda assim fazendo parte, tal como a sombra no canto de um quadro, que, apesar de intrusa é, ao mesmo tempo, a intenção do pintor.

No princípio, a família não percebeu o problema. O bebê era até bem bonito. A mãe recebia os convidados vindos do vilarejo ou dos burgos das redondezas. As portas dos carros batiam, os corpos se desdobravam e arriscavam alguns passos cambaleantes. Para chegarem até o povoado, tinham percorrido estradinhas minúsculas e sinuosas. Os estômagos ficavam revirados. Alguns dos amigos vinham de uma montanha vizinha, mas "vizinha", aqui, não queria dizer muita coisa. Para passar de um lugar a outro, era necessário subir e então descer de novo. A montanha impunha seu próprio balanço. No pátio interno do povoado, às vezes tinha-se a impressão de estar cercado por ondas enormes, imóveis, cobertas por uma espuma verde. Quando o vento se punha a soprar e sacudia as árvores, era o impetuoso rugido do oceano. E então o pátio interno ficava parecendo uma ilha protegida das tempestades.

Ela começava numa pesada porta de madeira, retangular, cravejada de pregos pretos. Uma porta medieval, diziam os entendidos, provavelmente construída pelos antepassados, que tinham se estabelecido nas Cevenas havia séculos. Tinham erguido primeiro aquelas duas casas, depois o alpendre, o forno de pão, o depósito de lenha e o moinho, em ambas as margens de um rio, e dava até para ouvir os suspiros de alívio dentro dos carros quando a estradinha estreita começava a se transformar numa pequena ponte e a varanda da primeira casa, que era voltada para a água, surgia. Alinhada atrás dela, ficava a outra casa, onde nascera o menino, guarnecida pela porta medieval, cujas duas folhas haviam sido abertas pela mãe a fim de receber os amigos e familiares. Ela servira vinho de castanha, que a pequena assembleia bebia, extasiada, na sombra do pátio. Falavam baixinho para não perturbar o menino, tão sossegado no seu cestinho. Ele emanava um delicioso aroma de flor de laranjeira. Parecia atento e tranquilo. Tinha bochechas claras e redondas, cabelos castanhos, olhos grandes e escuros. Um bebê da região, que pertencia a ela. As montanhas se assemelhavam a velhas matronas que tomavam conta do cestinho, com os pés dentro dos rios e o corpo envolto pelo vento. O menino estava sendo acolhido, igual a todas as outras crianças. Aqui os bebês tinham olhos escuros, e os velhos eram magros e secos. Estava tudo dentro da ordem.

Passados três meses, repararam que o menino não balbuciava. Ele permanecia quietinho a maior parte do tempo, a não ser para chorar. Às vezes esboçava um sorriso, fazia uma careta, dava um suspiro depois de mamar, se sobressaltava quando uma porta batia. E isso era tudo. Choro, sorriso, careta, suspiro, sobressalto. Mais nada. Ele não ficava sacudindo as perninhas. Estava sempre calmo — "inerte", pensavam os pais, mas não diziam. Ele não demonstrava nenhum interesse pelos rostos, pelos móbiles suspensos, pelos chocalhos. Mais do que tudo, seus olhos escuros não se detinham em nada. Pareciam estar flutuando, depois desviavam para o lado. Dali, as pupilas rodopiavam, seguindo a dança de um inseto invisível, antes de se fixarem novamente no vazio. O menino não via a ponte, as duas casas altas, nem o pátio interno, separado da estrada por um antiquíssimo muro de pedras avermelhadas que estava ali desde sempre, mil vezes demolido pelas tempestades ou pelos comboios, mil vezes reconstruído. Ele não enxergava a montanha com sua pele descascada, seu dorso cravejado por um sem-número de árvores, cindida pela torrente. Os olhos do menino apenas roçavam as paisagens e as pessoas. Não se demoravam em nada.

Um dia, quando ele estava descansando no cestinho, sua mãe se pôs de joelhos. Ela tinha uma laranja nas mãos. Vagarosamente, passou a fruta diante dele. Seus olhos grandes e escuros não se prendiam em nada, olhavam para alguma outra coisa. Ninguém saberia dizer o quê. Ela passou a laranja de novo, diversas vezes. Tinha em mãos a prova de que o menino enxergava pouco ou nada.

Nada se saberá das correntezas que, num momento como esse, atravessam o coração de uma mãe. Nós, as pedras avermelhadas do pátio interno, que fazemos este relato, nos atemos às crianças. É a história delas que queremos contar. Encravadas no muro, nós observamos suas vidas de cima. Há milhares de anos, temos sido as testemunhas. As crianças são sempre as esquecidas das histórias. São conduzidas como ovelhinhas, sendo mais frequentemente postas de lado do que protegidas. Mas as crianças são as únicas que tratam as pedras como brinquedos. Elas nos dão nomes, nos enfeitam, nos cobrem de desenhos e escritos, nos pintam, nos colam dois olhos, uma boca, cabelos feitos de grama, nos amontoam formando casas, nos atiram para ricochetear, nos alinham para demarcar goleiras ou trilhos de trem. Os adultos nos usam, as crianças nos desviam. É por isso que somos profundamente apegadas a elas. É uma questão de gratidão. Nós devemos a elas este relato — todo adulto deveria lembrar que é alguém em dívida com a criança que foi. Então eram elas que nós observávamos quando o pai as chamou para o pátio.

As cadeiras de plástico arranharam o chão. Eram duas as crianças. Um irmão mais velho e uma irmã do meio. Cabelos castanhos e olhos escuros, obviamente. O mais velho, do alto dos seus nove anos, se mantinha ereto, com o peito levemente estufado. Ele tinha as pernas magras e duras das crianças daqui, cobertas de casquinhas e de roxos, pernas habituadas a escalar, que conheciam as encostas e os arranhões das giestas. Instintivamente, ele pôs a mão sobre o ombro da irmã, num reflexo de proteção. Ele era arrogante, mas essa arrogância provinha diretamente de um ideal muito elevado, romântico, que colocava a resiliência acima de tudo, e isso o diferenciava dos pretensiosos. Intransigente, ele cuidava da irmã do meio, impunha suas regras imparciais aos muitos primos, exigia coragem e lealdade dos amigos. Aqueles que não corriam nenhum risco, ou que alcançavam um recorde no seu barômetro íntimo de covardia, colhiam seu desdém, e um desdém irreversível. De onde vinha toda essa confiança ninguém saberia dizer, a não ser pensar que a montanha havia infundido nele uma espécie de rigidez. Nós já tivemos diversas oportunidades de constatar isso: as pessoas nascem, primeiro, de um lugar, e, muitas vezes, esse lugar equivale a um parentesco.

    Naquela noite, diante do pai, o mais velho se manteve ereto, com o queixo tremendo, invocando no seu íntimo seus valores cavalheirescos. Mas não foi preciso que ele cerrasse os punhos. Num tom de voz calmo, o pai explicou que o irmãozinho deles provavelmente seria cego. As consultas médicas já estavam marcadas, a família estava agendada para dali a dois meses. Era preciso encarar aquela cegueira como algo positivo, já que eles, o mais velho e a do meio, seriam os únicos da escola que saberiam jogar cartas em braile.

    As crianças sentiram a presença de uma nuvem de preocupação, que rápido se desfez pela perspectiva de celebridade. Apresentada desse jeito, aquela provação tinha lá seu encanto. Cego, mas que importância isso tinha? Eles seriam os reis do recreio. O mais velho enxergava nisso uma lógica natural. Ele já era o senhor da escola, seguro de si, da sua beleza, da sua desenvoltura, e o seu jeito calado só aumentava a sua aura. Passou, então, o jantar todo negociando com a irmã para ser o primeiro a mostrar as cartas para os colegas. O pai deles mediou o acordo, entrou no jogo. Ninguém realmente entendeu que, naquele momento, uma fratura estava se desenhando. Logo os pais falariam dos seus últimos momentos de despreocupação, e a despreocupação, noção perversa, só pode ser saboreada depois de extinta, quando já se tornou memória.

Muito rapidamente os pais perceberam que o bebê não tinha tônus muscular. A cabeça dele caía como a de um recém-nascido. Era preciso sempre sustentá-la pela nuca. Seus braços e pernas permaneciam esticados, sem nenhuma força. Quando o estimulavam, ele não estendia as mãos, não respondia, não tentava se comunicar. Por mais que o irmão e a irmã agitassem sininhos e brinquedos de cores vivas, o menino não acompanhava nada, seus olhos estavam sempre distantes.

— Um ser desmaiado de olhos abertos — resumiu o irmão mais velho à do meio.

— O nome disso é morto — ela respondeu, apesar dos seus sete anos.

O pediatra suspeitou que aquilo não fosse um bom sinal. Recomendou uma tomografia do crânio com a supervisão de um especialista renomado. Foi preciso marcar a consulta, sair do vale e ir até o hospital. A partir daí nós perdemos o rastro deles, já que na cidade ninguém precisa das pedras. Mas nós os imaginamos estacionando o carro e limpando cuidadosamente os calçados no grande capacho depois das portas automáticas. Aguardaram de pé numa sala, hesitando sobre o piso emborrachado cinza, à espera de um professor. Ele veio, chamou-os. Estava com as radiografias na mão. Pediu que sentassem. Sua voz era suave demais para um veredito final. O filho deles cresceria, com certeza. Mas continuaria cego, não andaria, ficaria privado de fala, e seus membros não obedeceriam a nada, pois o cérebro não transmitia *o que é preciso*. Ele poderia chorar ou demonstrar seu bem-estar, mas nada além disso. Seria um recém-nascido para sempre. Bem, não exatamente. O professor explicou aos pais, com uma voz ainda mais maternal, que a expectativa de vida para crianças como aquela não ultrapassava os três anos.

Os pais deram uma última olhada para aquilo que era a existência deles. De agora em diante, tudo o que eles viveriam os faria sofrer, e tudo o que eles tinham vivido *antes* também, de tanto que a nostalgia da despreocupação é capaz de enlouquecer. Eles se mantinham, portanto, sobre uma fissura, entre um período encerrado e um futuro terrível, e tanto um quanto o outro pesavam com toda sua carga de dor.
 Cada um teve que se virar com o próprio estoque de coragem. Os pais morreram um pouco. Em algum lugar, nas profundezas dos seus corações de adultos, uma luz se apagou. Eles ficavam sentados na ponte, acima do rio, de mãos dadas, ao mesmo tempo sozinhos e juntos. As pernas deles pendiam sobre o vazio. Ficavam envoltos nos ruídos da noite como quem se enrola numa capa para ficar

aquecido ou se esconder. Estavam com medo. Ficavam se perguntando: *Por que nós?* E também: *Por que justo ele, o nosso pequeno?* E, obviamente: *Como é que nós vamos fazer?* A montanha manifestava sua presença, o murmúrio das cachoeiras, o vento, o voo das libélulas. Seus paredões eram feitos de xisto, uma pedra tão quebradiça que é impossível talhá-la. Ela causava desmoronamentos. Nós invejávamos a fidelidade adamantina do granito e do basalto, em pontos mais ao norte da região, e mesmo a porosidade absorvente do tufo calcáreo, na direção do Loire. Mas, ao mesmo tempo, quem poderia oferecer tantos tons de ocre? Que outra pedra além do xisto oferecia essa aparência laminada, prestes a se desmanchar? Era tudo ou nada. Viver ali significava tolerar o caos. E agora, sentados sobre um parapeito, os pais sentiam que precisariam aplicar essa mesma lógica à vida deles.

As outras duas crianças não compreenderam tudo, exceto que uma força devastadora, que elas ainda não chamavam de tristeza, as havia impelido para um mundo separado do mundo, para um lugar onde a sensibilidade ainda jovem delas seria esfolada sem que ninguém viesse socorrê-las. A bela inocência estava acabada. Elas ficariam sozinhas frente aos destroços do seu casulo. Mas, naquele momento, as crianças ainda tinham aquele pragmatismo que é capaz de salvar vidas. Com ou sem drama, também se tratava de saber qual ia ser a hora do lanche. Onde pescar lagostins. Era o mês de junho, o menino tinha seis meses, mas as crianças encaravam isso de outro jeito. Fizeram toda questão de pensar: *É junho, o verão está chegando e, junto com ele, os primos.* Em outros lugares, nasciam outros bebezinhos que eram capazes de enxergar, de dar a mãozinha, de sustentar a cabeça, mas esse fluxo indiferente ao destino delas não era vivido como uma injustiça.

Esse estado de espírito durou até o inverno. O mais velho e a do meio passaram um verão feliz, embora tivessem evitado o assunto do menino com os primos e guardado num canto da memória os rostos cansados dos pais, bem como os delicados esforços deles para carregar o menino do cestinho para o sofá, do sofá para os almofadões do pátio. Começaram o novo ano letivo, fizeram amizade com outros colegas, organizaram seus horários em função dos deslocamentos para a escola, teceram suas vidas em paralelo.

O Natal não foi maculado. Para as famílias da montanha, esse era um momento importante. Mais uma vez, as portas dos carros bateram, o povoado se tornou o ponto de encontro do vale. Todos entravam no pátio interno com os braços carregados de comida, andando bem devagarinho, já que o piso de ardósia estava congelado. As exclamações de surpresa formavam pequenas nuvens no ar. O céu era de uma escuridão metálica. As crianças tinham pendurado cordões de lâmpadas coloridas sobre nós, para guiar os convidados, e colocado lampiões aos nossos pés. Então elas se agasalhavam, pegavam uma lanterna e saíam pela montanha para colocar velas decorativas, a fim de que o Papai Noel pudesse identificar a pista de pouso de lá do céu. A lareira estalava com um fogo tão intenso que os mais novos nem imaginavam que um dia ele pudesse se apagar. Quinze pessoas se amontoavam na cozinha para preparar ensopados de javali, terrinas, tortas de cebola. A avó materna, baixinha, toda vestida de cetim, dava as ordens. Diante do pinheiro sobrecarregado, os primos sacavam as flautas transversas e um violoncelo. Limpavam a garganta, tocavam uma nota. Muitos deles praticavam o canto coral. Pouca gente era devota, mas todo mundo conhecia os cânticos protestantes. Aos mais novos explicavam que, ao contrário do que diziam os católicos (a quem os tios mais velhos ainda chamavam de "papistas"), o inferno não existia, não era preciso nenhum padre para falar com Deus e era importante sempre questionar a própria fé. Primas enrugadas acrescentavam que um bom protestante mantém sua palavra, aguenta o tranco e se abre pouco. "Lealdade, resiliência e discrição", resumiam, olhando para as crianças, que não olhavam para elas. A música e os aromas subiam até as enormes vigas, passavam pelas paredes e transbordavam pelo pátio. Havia pouca diferença em relação às vigílias de antigamente, quando as pessoas se aglomeravam ao redor da lareira, com as mãos enfiadas debaixo da barriga das ovelhas, que eram trazidas para dentro em caso de frio muito intenso.

O menino estava deitado no seu cestinho, perto do fogo. Ele era o único ponto fixo naquela grande agitação. Sorvia os aromas da cozinha com o entusiasmo de um animalzinho, e um breve sorriso às vezes se abria no seu rosto. Um som particular (a afinação dos violoncelos, o mínimo choque de uma terrina posta sobre a mesa de carvalho, a tessitura grave de uma voz, o latido de um cachorro) provocava uma leve contração dos seus dedos. Sua cabeça estava virada para o lado, a bochecha contra o tecido do cestinho, já que o pescoço não dava nenhuma sustentação. Os olhos, rodeados por longos cílios castanhos, vagavam lenta e gravemente. Ele parecia muito atento e, no entanto, estava distante. Ele tinha crescido. Continuava mole, mas seus cabelos tinham formado uma juba espessa. Os pais também haviam mudado.

No decorrer dessa noite de Natal, pequeníssimas variações foram tomando forma. O mais velho dos irmãos se voltou para o menino. Por que naquele momento preciso é algo que não sabemos. Talvez a deficiência do irmão, agora visível, já não lhe permitisse ficar indiferente. Talvez tivesse ficado desapontado, à medida que ele também crescia, com uma realidade pouco condizente com as suas altas aspirações e encontrasse naquele menino as vantagens de um companheiro pacífico, tão constante e fiel a si mesmo que não iria decepcioná-lo. Ou talvez tivesse apenas tomado consciência da situação, e seu ideal cavalheiresco o estivesse impulsionando irremediavelmente para o cuidado e a proteção do mais fraco. O fato é que o mais velho ficou enxugando a boca do menino, endireitando suas costas, acariciando sua cabeça. Manteve os cães afastados, pediu calma. Não brincou mais com os primos nem com a irmã. Esses últimos ficaram bastante surpresos. Eles o conheciam como um rapaz bonito e reservado que, até então, havia se mostrado inconsequente, um pouco zombeteiro, consciente da sua superioridade. Quem é que tinha seguido as pegadas dos javalis, ensinado tiro ao alvo, afanado marmelos? Quem era capaz de avançar pela água inchada do rio, que as tempestades haviam deixado lamacento? De andar na noite escura, completamente opaca, estridente e perigosa? De colocar o capuz com um movimento preciso, para evitar que os morcegos-anões — o terror da irmã e dos primos — se agarrassem aos seus espessos cabelos castanhos? O mais velho. Solitário e régio, de uma confiança fria. A tranquila autoridade dos senhores, pensavam os seus próximos. Dessa vez, ele não sugeriu nada. A irmã e os primos saltitavam em volta dele, sem ousar perturbá-lo, mas irrequietos. O mais velho se mostrou mais calado do que de costume. Não se afastou da lareira, que ele sabia manter acesa, garantindo que o irmão estivesse aquecido. Ele havia colocado uma almofada no cestinho para apoiar sua cabeça. Ficou lendo, com o dedo enfiado no punho cerrado do menino — que mantinha as mãozinhas fechadas, como o eterno bebê que ele seria. Era um espetáculo um tanto curioso ver aquele rapazinho de cerca de dez anos, plenamente saudável, concentrado naquele outro, que já era estranho sem ainda ser grotesco: do tamanho de uma criança de quase um ano, mas sempre com a boca entreaberta, não fazia nenhuma tentativa de contato, era muito quieto, tinha olhos escuros e errantes. A semelhança física entre eles saltava aos olhos, e ninguém teria sabido dizer por que essa proximidade era de cortar o coração. Quando o mais velho levantava a cabeça do livro, com seu olhar fixo e soturno, os cílios compridos pareciam a réplica viva daquele pequeno ser ao seu lado.

Essa noite de Natal marcou algo irreversível. Ao longo dos meses seguintes, o mais velho foi se apegando profundamente. Antes, havia a vida, os outros. Agora, havia seu irmão. Seus quartos ficavam lado a lado. Todas as manhãs, o mais velho acordava antes de todo mundo e colocava um pé no chão, estremecendo ao contato com o piso de terracota. Empurrava a porta, rumava para aquela cama que se desdobrava em volutas brancas de ferro, na qual ele e a irmã também haviam dormido antes de crescerem e precisarem de um móvel mais adequado. O menino, por sua vez, não iria demandar nada. Então era daquela cama que ele tomaria conta. O mais velho abria a janela, deixava a manhã entrar. Ele sabia retirar o menino delicadamente, com a mão sustentando a nuca, e transferi-lo para o trocador. Ele o trocava, o vestia, depois descia com todo o cuidado do mundo até a cozinha para lhe dar uma papinha preparada na véspera pela mãe. Mas, antes de executar todos esses gestos, ele se inclinava sobre o colchão. Aproximava sua bochecha da do menino, maravilhado com aquela palidez tão macia, e permanecia assim, nesse contato imóvel, pele contra pele. Se deleitava com a textura amanteigada daquela bochecha rechonchuda e com o fato dela ser completamente indefesa, disponível a qualquer carícia, quem sabe até disponível apenas para ele, o mais velho. A respiração do menino aumentava de forma regular. Os olhos deles olhavam na mesma direção, o mais velho sabia disso perfeitamente. Ele olhava para as circunvoluções da cama e, mais ao fundo, para a janela que dava para o rio; o menino contemplava algo distante, num ritmo que ninguém conseguiria decifrar. Isso caía bem para o mais velho. Ele seria seus olhos. Ele lhe falaria sobre a cama e a janela, sobre a espuma branca da torrente, sobre a montanha para além do pátio interno, seu piso de ardósia azul meia-noite, sobre a porta de madeira, sobre a trincheira do velho muro, sobre nós, as pedras, e nossos reflexos acobreados, sobre as flores brotando de vasos gorduchos, com duas pequenas alças que pareciam orelhas. Junto do menino, ele se descobria alguém paciente. Durante muito tempo, seu comportamento frio tinha sido a melhor solução para acalmar uma inquietação. Ele gostava de provocar os acontecimentos para nunca precisar esperar por eles. Os outros o seguiam, atraídos por aquele ímpeto claro e sem hesitação. A verdade é que ele tinha tanto medo de estar à mercê de qualquer coisa que preferia iniciá-la. Assim, em vez de temer o tumulto na hora do recreio, a escuridão total das noites na montanha, o ataque dos morcegos-anões, ele tinha assumido o controle. E tinha se lançado para o pátio da escola, para a noite ou para debaixo das abóbadas do porão, habitadas por morcegos-anões, que voavam em todas as direções, em pânico diante da chegada de alguém. Com o menino, nada disso funcionava mais. O menino simplesmente estava ali. Não havia nada a temer, já que ele não representava nenhuma ameaça ou promessa. O mais velho percebeu uma rendição dentro de si. Já não valia a pena tomar a dianteira. Alguma coisa tocava nele, uma mensagem vinda de longe que congregava a tranquilidade das montanhas, a presença imemorial de uma pedra ou de um curso d'água, cuja existência bastava a si mesma. Estava se desenvolvendo nele a submissão às leis do mundo e aos seus percalços, sem revolta nem amargura. O menino estava ali tão claramente quanto uma ondulação no terreno. "Mais vale ter do que ficar esperando", ele dizia a si mesmo, e era um provérbio das Cevenas. Não havia necessidade de se revoltar.

Ele gostava, acima de tudo, da bondade impassível, da candura elementar do menino. O perdão era algo da natureza dele, já que ele não fazia nenhum julgamento. Sua alma desconhecia, em absoluto, a crueldade. Sua felicidade se reduzia a coisas simples: a limpeza, a saciedade, a maciez do seu pijama roxo ou um afago. O mais velho entendia que aquela era a experiência da pureza.

Isso o deixava perturbado. Ao lado do menino, ele já não buscava apressar a vida por medo de que ela lhe escapasse. A vida estava ali, ao alcance da respiração, nem medrosa nem combativa, apenas ali.

Gradualmente, ele foi decodificando seus choros. Passou a saber qual era indicativo de dor de barriga, de fome, de desconforto. Ele já possuía habilidades que deveriam ser desenvolvidas bem mais tarde, como trocar uma fralda e dar de comer um purê de legumes. Ele atualizava regularmente uma lista de coisas a comprar, como um outro pijama roxo, noz-moscada para aromatizar os purês, água de limpeza. Dava a lista para a mãe, que se encarregava dela com um murmúrio de agradecimento nos olhos. Ele adorava a serenidade do menino quando estava cheirosinho e aquecido. Nessas horas, o menino dava uma risadinha de aconchego e então sua voz se espalhava pelo ar como uma canção antiga, com os lábios abertos num sorriso, os cílios batendo e a voz subindo numa melopeia que não dizia nada além das necessidades primitivas satisfeitas e talvez também do carinho recebido.

O mais velho ficava cantarolando para ele, pois logo entendera que a audição, o único sentido que funcionava, era uma ferramenta extraordinária. O menino não conseguia enxergar, nem agarrar, nem falar, mas conseguia ouvir. Por conta disso, o mais velho modulava sua voz. Sussurrava os tons de verde da paisagem que se estendia diante dos seus olhos, o verde-amêndoa, o vivo, o bronze, o suave, o cintilante, o raiado de amarelo, o fosco. Amassava galhos secos de verbena perto da orelha dele. Era um ruído cortante que ele contrabalançava com o chapinhar de água numa bacia. Às vezes ele arrancava uma de nós do muro do pátio e deixava cair de alguns centímetros de altura para que o menino pudesse ouvir o impacto surdo de uma pedra no chão. Contava sobre as três cerejeiras que, muito tempo antes, um camponês havia trazido de um vale distante, carregando-as nas costas. Ele tinha subido e depois descido a montanha, curvado sob o peso daquelas três árvores que, com toda a lógica, não teriam condições de sobreviver neste clima e neste solo. No entanto, as cerejeiras milagrosamente vingaram. Tinham se tornado o orgulho do vale. O velho camponês distribuía sua colheita de cerejas, que eram degustadas com solenidade. Na primavera, suas flores brancas eram conhecidas por trazer boa sorte. Eram oferecidas aos doentes. O tempo passou, o camponês morreu. As três cerejeiras o seguiram. Ninguém procurou explicação, porque ela já estava ali, comprovada pelos galhos subitamente atrofiados: as árvores estavam acompanhando aquele que as plantara.

Ninguém teve coragem de tocar nos troncos secos e acinzentados, de tanto que pareciam lápides, e o mais velho os descrevia para o menino em suas mínimas ranhuras. Ele nunca tinha falado tanto com alguém. O mundo tinha se tornado uma bolha sonora, mutável, onde era possível traduzir tudo através dos ruídos e da voz. Um rosto, uma emoção, o passado tinham sua correspondência audível. O mais velho contava desta região onde as árvores crescem sobre a pedra, povoada de javalis e aves de rapina, esta região que se revolta e recupera seus direitos cada vez que uma mureta, uma horta, uma passarela são construídas, impondo seu declive natural, sua vegetação, seus animais, exigindo, acima de tudo, humildade do homem.

— É a sua região — ele dizia —, você tem que escutá-la.

Nas manhãs de Natal, ele amassava os embrulhos dos presentes e narrava, em detalhes, o formato e as cores do brinquedo que não seria usado. Os pais o deixavam fazer, um tanto perplexos, primeiro ocupados em seguir firmes. Os primos, num impulso fatalista de bondade, também começaram a descrever os brinquedos em voz alta e depois, por extensão, a sala, a casa, a família — com um entusiasmo febril, e o mais velho ria junto.

Quando a casa está dormindo, ele se levanta. Ainda não é um rapaz, nem exatamente um garotinho. Coloca um cobertor sobre os ombros. Sai para o pátio e se aproxima do muro. Apoia sua testa em nós. Suas mãos sobem até a altura da cabeça. Será isso um afago ou o gesto de um condenado? Ele não diz nada, fica imóvel na escuridão glacial, com o rosto bem pertinho de nós, que aspiramos seu hálito.

Nos dias bonitos, quando a montanha parece se agitar com os primeiros raios de sol, o mais velho sai andando pelos fundos da casa. O terreno se eleva no sentido contrário ao do rio, o que multiplica as quedas d'água. Ele avança com cuidado, carregando nos braços aquele menino grande cuja cabeça sacoleja. Presa no seu quadril, chacoalha uma sacola com uma garrafa de água, um livro e uma câmera fotográfica. Ele localiza o lugar onde o terreno se torna plano. As pedras formam uma prainha. Ele vai pousando delicadamente o corpo ali, a mão sempre sob a nuca. Ajeita a cintura dele, move um pouco seu queixo para que ele fique à sombra de um enorme abeto. O menino dá um suspiro de prazer. O mais velho esfrega alguns gravetos, que liberam um aroma de citronela, e passa sob o nariz dele. Esses abetos não são daqui, foi a avó quem plantou há muito tempo. Parece que gostaram desta montanha, porque vingaram e cresceram, mesmo que sua imponência tenha se tornado incômoda. São inúmeros galhos que caem sobre os postes de energia elétrica; a terra vai sendo privada de luz pelos seus topos. O mais velho ainda vê esses abetos como anomalias e provavelmente não seja por acaso que coloque seu irmão deitado sob eles.

Ele adora este lugar. Está sentado perto do menino. Está com os joelhos dobrados, segurando-os num abraço. Ele lê e, quando termina de ler, não fala nada. Não faz nenhuma descrição de nada. O mundo vem até eles. As libélulas turquesas zunem quando passam pertinho da orelha. Os amieiros espalham seus galhos pela água, criando um acúmulo de lama viscosa. As árvores formam duas paredes às margens do rio e, com um pouco de imaginação, o mais velho poderia achar que está numa sala de estar, com pedras lisas e um teto de abeto. Ele tira algumas fotos. Aqui o rio é calmo e tão transparente que dá para ver o tapete de seixos dourados no fundo. Então a superfície começa a se enrugar até despencar, fazendo as borbulhas brancas explodirem nas piscinas imóveis, que vão se estreitando e formando quedas d'água. O mais velho fica escutando a fuga apressada do rio, o ímpeto dele. Ao redor, zelam os paredões em ocre e verde, os galhos ondulantes como mãos e as flores em forma de confetes.

Com frequência, a irmã do meio vai encontrá-lo. Seus dois anos de diferença às vezes parecem vinte. Ele observa ela avançar lentamente pela água gelada, puxando a barriga para dentro e abrindo bem os dedos. Às vezes, agachada com os tornozelos dentro do rio, concentrada, ela tenta pegar as aranhas-d'água que flutuam na superfície e dá um grito de alegria quando consegue segurar uma. Ela patinha, pula, constrói uma barragem com pedras ou um castelinho. Inventa histórias, tem a imaginação que ele não tem. Um galho se transforma numa espada, a casca de uma castanha vira um capacete. Ela fala baixinho, concentrada. A luz envolve seus cabelos castanhos e compridos, que ela tira do rosto com um gesto impaciente. O mais velho adora observá-la aproveitando a vida. Repara que ela já não precisa das boias de braço, que seu ombro não fica vermelho, graças ao protetor solar. De repente, ele pensa no ninho de vespas que, no verão passado, estava escondido no grande abeto. Levanta, dá uma olhada e volta a sentar. Fica ali, com o coração apertado mas feliz, cercado por aqueles que ama, sua irmã, seu irmão e nós, as pedras, em forma de cama ou de brinquedo.

Aos poucos, o menino foi reconhecendo a sua voz. Agora ele sorria, balbuciava, chorava, se expressava como um bebezinho enquanto o corpo ia crescendo. Como ele vivia deitado e não conseguia mastigar, seu palato ficou arqueado. Seu rosto, na verdade, foi ficando mais oval, o que deixou seus olhos ainda maiores. O mais velho ficava bastante tempo tentando seguir aquelas esferas pretas que pareciam dançar lentamente. Nunca pensou nas outras crianças que, com a mesma idade, teriam feito progressos enormes. Ele não o comparava, menos por um reflexo de proteção do que por uma felicidade plena, completa, tão original que a norma lhe parecia insossa. Por conta disso, foi perdendo o interesse nela.

O menino era colocado no sofá, com a cabeça apoiada numa almofada. Isso era suficiente para deixá-lo feliz. Ele ficava ouvindo. Pelo contato com ele, o mais velho aprendeu o tempo morto, a plenitude imóvel das horas. Alheou-se nele, como ele, para ter acesso a uma sensibilidade excepcional (o farfalhar ao longe, o resfriamento do ar, o murmúrio do choupo cujas folhinhas, reviradas pelo vento, brilham como lantejoulas, a espessura de um instante carregado de angústia ou cheio de alegria). Era uma linguagem dos sentidos, do ínfimo, uma ciência do silêncio, algo que não era ensinado em nenhum outro lugar. A um menino fora do padrão, um conhecimento fora do padrão, pensava o mais velho. Aquele ser nunca iria aprender nada; era ele quem, na verdade, ensinava aos outros.

A família comprou um pássaro para que o menino ouvisse os pipilos. Habituaram-se a ligar o rádio. A falar alto. A abrir as janelas. A fazer entrar os sons da montanha para que o menino não se sentisse sozinho. A casa ressoava o barulho das quedas d'água, dos sinos das ovelhas, dos balidos, dos latidos dos cães, dos cantos dos pássaros, dos trovões e das cigarras. O mais velho não se demorava na saída da escola. Saía em disparada para o ônibus escolar. Na cabeça dele, entrechocavam-se pensamentos que nada tinham a fazer ali. Ainda tem sabonete suave para o banho, soro fisiológico, cenoura para o purê? O pijama roxo de algodão estava seco? Ele não ia na casa dos amigos, não olhava para as meninas, não escutava nenhuma música. Ele trabalhava bastante.

O menino completou quatro anos. Era cada vez mais pesado para carregar, já que seu crescimento continuava. Usava pijamas que pareciam agasalhos esportivos, os mais grossos possíveis, porque a imobilidade o tornava muito sensível ao frio. Era preciso mudá-lo de posição com frequência, caso contrário sua pele ficava cheia de placas avermelhadas. A posição deitada também tinha provocado uma luxação nos quadris. Isso não o fazia sofrer, mas ele mantinha as pernas arqueadas. Elas eram finas, de uma palidez quase tão translúcida quanto a do rosto dele. O mais velho com frequência massageava suas coxas com óleo de amêndoas, pois tinha posto todo o seu empenho no tato. Ele abria delicadamente aquelas mãozinhas sempre fechadas para fazê-las tocarem um material. Da escola, trouxe feltro. Da montanha, pequenos galhos de azinheira. Ele acariciava a parte interna dos pulsos do irmão com um feixe de hortelã, fazia avelãs rolarem nos seus dedos, sempre falando com ele. Nos dias de chuva, abria a janela e espichava o braço do irmão para fora, para que ele sentisse o aguaceiro. Ou então soprava suavemente na boca dele. O milagre acontecia com frequência. A boca do menino se esticava num sorriso enorme, acompanhado de um satisfeito fiapo de voz. Era um sorriso sereno, um tanto ingênuo, que se apoiava num silêncio e que começava de novo, um pouco mais agudo, um pouco mais aberto, era uma música, pensava o mais velho. Ele não ficava se perguntando, como faziam seus pais à noite, como seria sua voz se ele pudesse falar, como seria seu temperamento, bem-humorado ou taciturno, caseiro ou turbulento, como seria seu olhar se ele pudesse ver. Ele o aceitava do jeito que era.

Numa tarde de abril, durante o feriado de Páscoa, ele aproveitou que os pais estavam fazendo compras para levá-lo ao parque. Era uma área verde na saída do burgo, repleta de gira-giras e balanços. Os pais concordaram com um aceno de cabeça preocupado, prometeram que não demorariam, depois se dirigiram para o mercadinho. O mais velho arrancou o menino do assento especial do carro, algo que passou a exigir toda uma técnica. Era preciso apoiar suas nádegas no antebraço e sustentar sua nuca. O mais velho sentia a respiração do menino no seu pescoço. Ele estava ficando muito pesado. De longe, parecia uma criança desmaiada.

Atravessou a estrada, passou pelo portão e cuidadosamente o colocou deitado no gramado. Deitou de costas ao seu lado para descrever em voz baixa a paisagem ao redor deles. Os gritos que vinham da caixa de areia, o rangido dos gira-giras e o eco distante de uma feira os envolviam como um acolchoado sonoro. Ele pontuava suas palavras com um beijo no seu pulso. Ficava espantando as moscas. Seu medo era que um inseto entrasse na boca do menino (que respirava com os lábios entreabertos por conta do palato arqueado). De repente, uma sombra encobriu seu rosto. Escutou uma voz:

— Me desculpe, menino, sem querer me meter, mas estou com um pouco de pena. Enfim. Por que tomar conta de um macaquinho? Para ganhar mais dinheiro...?

Era a intervenção de uma mãe de família, cheia de boas intenções — que são, geralmente, a munição de grandes assassinos. O mais velho apoiou os cotovelos no chão. A mulher não era do vilarejo. Ela não parecia estar fazendo por mal.

— Mas, senhora, é o meu irmão — disse ele.

Ela tossiu, envergonhada. Foi se afastando e começou a chamar alguns nomes. Naquele momento, o mais velho não ficou nem chateado nem furioso. Ele não cogitava a maldade. Aquela mulher estava viajando na maionese, só isso. E o menino tinha direito à sua porção de bem-estar.

Mais tarde viria o constrangimento dos olhares voltados para o carrinho, um sentimento de vergonha que ele vivenciaria como uma traição ao irmão. Seria traçada a invisível e imensa fronteira em relação a *eles*, seguros na sua normalidade conquistadora. *Eles*: a arrogância ruidosa das famílias, esses seres de correria e estardalhaço, irradiando vida, ignorando os corpos amorfos e os palatos arqueados, saltando dos carros sem precisar serem arrancados de um assento especial; as pobres decepções dos colegas de aula, cujo universo vacilaria por conta de uma nota ruim; os sorrisos insuportáveis de simpatia, ou mesmo de piedade, que tornariam quase preferível a repulsa; as centenas de milhares de mínimas circunstâncias que encaminhariam o mais velho de volta à solidão. E assim, obviamente, a montanha aparecia como uma massa desprovida de moral, acolhedora como são os animais. Ali estava a etimologia de refúgio, *fugere* era fugir. A montanha possibilitava o recuo, um passo para trás de tudo. Ao mesmo tempo — e o mais velho sabia disso —, seria preciso negociar com *eles*, porque *eles* eram a vida majoritária e pululante. Ele não devia se afastar por completo. O mais velho os considerava como um bebedouro onde ele podia saciar sua sede de normalidade. Uma festa de aniversário, um concurso de tiro ao alvo, um jantar com os amigos dos seus pais ou uma ida ao supermercado compensavam o isolamento, lembravam que os outros o mantinham de pé, marcavam um pertencimento, palpitavam como um grande coração. Na fila do supermercado, na fila de espera do refeitório, na soleira de uma casa decorada com balões, o mais velho podia fingir que era como os outros. Como o carrinho de compras estava cheio de fraldas, de potes de papinha e de óleo de amêndoas doces, dava para fingir que havia um bebê em casa. Na casa dos amigos, ele respondia "dois" quando perguntavam "quantos irmãos e irmãs você tem?". Depois dava um jeitinho para fugir da resposta a "em que série eles estão?". Foi aprendendo a trapacear. Ele tinha vergonha de ter que trapacear. Ele adoraria poder dizer "dois, um deles é deficiente", imaginando que passariam a um outro assunto, como se fosse algo natural. Em vez disso, ele se sentia culpado. Os terríveis *outros* tinham esse poder de criar um erro onde não havia nenhum, como aquela caminhonete colorida que tocava uma música muito alta e todos os verões percorria o vale vendendo bolinhos de castanha. Os primos ficavam espiando a caminhonete, os adultos saíam das casas com as carteiras na mão. Mal haviam sido comprados, os bolinhos já estavam sendo devorados, e as crianças suplicavam por mais. Quando ouviu as primeiras notas da caminhonete, o mais velho estava no pomar, abaixo da estrada, à beira da água, ocupado colhendo maçãs, que ele ia acomodando sobre um pano de prato. Não estavam boas para comer, cheias de vermes ou bicadas pelos pássaros, mas isso não tinha importância. Tinha carregado o menino e seu cestinho até aquele pomar para fazê-lo sentir, na palma da mão, a forma achatada das maçãs-reinetas. Ele gostava bastante daquele local fresco, cheio de árvores com os troncos protegidos por telas de arame, logo depois da ponte. Como eles estavam abaixo da estrada, os carros não conseguiam vê-los. Assim, com a aproximação do motor, o mais velho ergueu a cabeça. Acima dele, a caminhonete passou, e o enxame de primos surgiu quase de imediato. O que fazer? Continuar ali e se privar dos bolinhos? Nem pensar. Voltar discretamente, carregando uma criança mole? Claro que não. Então, sem refletir, ele fez as maçãs rolarem do pano, sacudiu o tecido e cobriu o menino com ele. Subiu a encosta do pomar, chegou à estrada, à ponte, e deu um pulo em direção à caminhonete sem olhar para trás.

Se misturou aos primos animados, ajudou a irmã a tirar seu bolinho da embalagem. Sorriu como os outros. Não tinha coragem de virar a cabeça na direção do pomar. O bolinho tinha gosto de papelão.

Quando a caminhonete partiu, enveredando pela estrada estreita, ele escapuliu discretamente e correu. Quase escorregou no cascalho da encosta que levava até o pomar. Viu a grama, a sombra dançante dos galhos, a estrutura do cestinho, depois o pano de prato branco; então os cabelos castanhos apareceram e também os dois pequenos punhos cerrados, que escapavam pelos lados; as maçãs estavam no chão. O menino não chorava, entretido com aquele material macio que de repente o cobrira. Como sua cabeça estava virada para o lado, ele tinha conseguido respirar. O mais velho se ajoelhou, com a garganta apertada. Tirou o pano de prato. Ajeitou delicadamente a cabeça. Encostou sua bochecha na dele, murmurando "me desculpa" várias vezes. O menino não emitiu nenhum som, ficou piscando os olhos, incomodado com as gotas mornas e salgadas que caíam no seu rosto.

Naquele instante ou no momento em que a mãe de família fez sua intervenção no parque, ele não conhecia a nocividade dos outros, sua estupidez e sua tirania. As caminhonetes podiam passar. Não fazia nenhuma diferença. Sua rota de ação era fazer como a montanha, proteger. A preocupação margeava sua vida. Ele tocava nas mãos do menino para verificar sua temperatura, ajeitava o cachecol da irmã, a proibia de se aproximar das raioles, aquelas ovelhinhas nervosas que avançavam em fileiras cerradas pela estrada. Um dia ela voltou com um arganaz ferido, e ele mandou que o jogasse na água. Sentia pela irmã aquele mesmo reflexo protetor que mais adiante o impediria de ter filhos. De tanto estremecer ao menor ruído do mundo, de tanto temer pelo pior, não se pode sustentar ninguém. Era o preço a pagar, ele pensava. Era a sua missão, inscrita tão profundamente quanto as listras ocres que enfeitam as pedras. Na ocasião em que derrubaram o enorme cedro que ficava perto do moinho, todos foram chamar as crianças para assistir o espetáculo. Não estavam em lugar nenhum. O mais velho, que temia que um galho machucasse a irmã, a levara para o alto da montanha, para colherem aspargos selvagens. Passaram a manhã inteira voltados para o chão, procurando os talos retorcidos e cheios de espinhos. Ficou de castigo e permaneceu impassível, pois não era algo, para ele, que estivesse em discussão. Derrubar um cedro era perigoso, ele havia mantido a irmã afastada. Era categórico — visto que a vida pode bagunçar as alegrias tão facilmente, visto que uma infância pode virar de ponta--cabeça, um corpo pode não responder, os pais podem sofrer. Um dia, um professor perguntou qual profissão ele ia querer ter, e ele respondeu:

— Irmão mais velho.

A irmã, por sua vez, parecia despreocupada. Era uma garotinha animada e bonita. Às vezes ela vestia e enfeitava o menino, como se ele fosse uma boneca viva. O mais velho não gostava. Franzia as sobrancelhas e tirava a maquiagem, o chapéu de renda, as pulseiras. Mas não ficava de mal com ela. Descobria nisso uma energia reconfortante, uma turbulência que acabava fazendo bem, alterando a imagem de um ser sempre deitado como um velho. Encontrava nela a alegria que ele já não tinha. A do meio não parecia compreender realmente a situação. Ela continuava fazendo perguntas, tendo seus caprichos, esgueirando-se com histórias imaginárias. Continuava sendo criança. Ele invejava aquela doce inocência, até o momento em que uma menina do povoado vizinho veio brincar no pátio interno. Ela apontou para o mais velho com o queixo e perguntou para a do meio se ela tinha outros irmãos e irmãs. A do meio respondeu que não.

Um dia, a creche que acolhia o menino durante o dia informou aos pais que não tinha mais condições de recebê-lo. Era um estabelecimento situado na entrada da cidade, que normalmente tomava conta de crianças carentes, à espera, em trânsito, por vezes com alguma pequena deficiência, mas não do nível daquela do menino. Os funcionários não dispunham de equipamentos necessários, muito menos de formação específica. Além disso, havia pouco tempo, o menino às vezes era acometido de tremores nervosos. Seus olhos ficavam piscando rápido, os punhos sacudiam com violência. Pequenas crises epilépticas, havia alertado o professor, nada doloroso para ele, algo que passava com algumas gotas de Rivotril, mas impactante o suficiente para assustar. O menino também tinha se engasgado mais de uma vez, e as mulheres da creche, apavoradas com a tosse, se sentiam impotentes. Sem contar a epidemia de gripe, que poderia acabar com um corpo tão frágil. Era preciso encontrar *um lugar* para ele. Havia organizações, institutos, casas especializadas?, perguntaram os pais. Pouquíssimas. A região deles exigia solidez, boas engrenagens. Não gostava dos diferentes. Não tinha nenhum plano para eles. As escolas lhes fechavam as portas, os transportes não eram adaptados, os caminhos eram cheios de armadilhas. Aquela região não sabia que, para alguns, um lance de escadas, um parapeito e um buraco valiam por uma falésia, uma muralha e um abismo. Então, um local voltado para os inadaptados... Nós conseguíamos escutar e intuir, através da porta aberta para o pátio, os fragmentos de informações e as vozes carregadas de perguntas. Nós já tínhamos visto, ao longo dos anos, momentos de solidão como aquele. Porque os pais estavam sozinhos. Se habituaram a ir até a cidade para passar por maratonas administrativas. Nós víamos eles saindo cedo, subindo até o pequeno estacionamento, se precipitando para dentro do carro. Levavam dois sanduíches, uma garrafa de água. Esses deslocamentos podiam durar um dia inteiro. Nas prefeituras, nos centros de assistência social, nas instâncias supostamente voltadas ao auxílio às famílias, nos ministérios, eles eram soterrados de informações e exigências, as dificuldades se multiplicavam. Era um percurso cruel, desumano, repleto de siglas, CRPD, ITEP, IME, IEM, CDAPD[1]. Os interlocutores se mostravam absurdamente rigorosos ou eram de uma apatia odiosa, isso dependia. Os pais conversavam sobre isso à noite, em voz baixa. Tiveram que se dobrar a regras

1   Siglas de instituições francesas. Respectivamente: Centro Regional das Pessoas com Deficiência (Maison Départementale des Personnes Handicapées), Instituto Terapêutico, Educativo e Pedagógico (Institut Thérapeutique, Éducatif et Pédagogique), Instituto Médico-Educativo (Institut Médico-Éducatif), Instituto da Educação Motora (Institut d'Éducation Motrice) e Comissão dos Direitos e da Autonomia das Pessoas com Deficiência (Commission des Droits et de l'Autonomie des Personnes Handicapées).

insanas. Entraram em salas cinzentas onde uma comissão os aguardava para decidir se eles seriam ou não elegíveis para um subsídio, um recurso, um rótulo, um *lugar*. Tiveram que provar que, desde o nascimento do menino, o custo de vida havia aumentado; provar também que o filho deles era diferente, com atestados médicos, avaliações neuropsicológicas, tudo organizado numa pastinha ainda mais preciosa que suas carteiras. Também foram solicitados a traçar um "projeto de vida", uma vez que da anterior restava tão pouco. Cruzaram com outros pais, quebrados, sem dinheiro, porque os auxílios demoravam a chegar, ou então boquiabertos, porque um departamento não transmitia o arquivo para outro departamento e, em caso de mudança de endereço, tudo tinha que recomeçar do zero. Descobriram a obrigação de, a cada três anos, provar que o menino continuava deficiente ("É porque vocês acham que em três anos as pernas dele vão se regenerar?!", havia gritado uma mãe na frente de um balcão). Ouviram um casal desmoronar porque, visivelmente, o filho deles não era inadaptado o suficiente para receber um auxílio, mas em excesso para poder ser inserido. A mãe tinha parado de trabalhar para tomar conta do filho, já que não havia quem o acolhesse. Os pais descobriram a grande terra de ninguém das margens, povoadas por seres sem cuidados, projetos ou amigos. Aprenderam que a doença mental, uma deficiência invisível, acrescentava uma dificuldade a mais — "Minha filha teria que ser fisicamente deformada para você mexer o rabo da cadeira?!", vociferou um pai na recepção de um centro médico-social que abria apenas no turno da manhã. Mais de uma vez, o mais velho viu seus pais exaustos acordarem cedo, voltarem de mãos vazias, preencherem papéis, formulários, fazerem fila, correrem atrás de atestados, ficarem pendurados no telefone, contestarem uma data ou algum dado incorreto; na verdade, se tornarem suplicantes, pensava ele, de modo que acabou desenvolvendo um ódio infinito pelas questões administrativas. Foi o único sentimento negativo que se instalou nele de forma definitiva, a ponto de, já adulto, não conseguir se aproximar de nenhum guichê, qualquer que fosse, assinar papéis, preencher formulários. Ele não renovou seus cartões nem suas assinaturas, preferiu pagar multas e taxas extras a ter que se envolver, por um segundo que fosse, com essa burocracia. Nunca solicitou um visto em toda a sua vida, jamais pôs os pés num cartório ou num tribunal, não comprou carro nem apartamento. Ninguém jamais entendeu esse bloqueio, a não ser a irmã do meio, que sabia como solicitar a restituição do imposto retido na fonte, cancelar um plano telefônico, pagar a previdência social. A única exceção foi a renovação da carteira de identidade, que exigia a presença do mais velho. A do meio agendou o atendimento, organizou a papelada e acompanhou o irmão, sem ousar lhe dirigir a palavra, pois o mais velho, tenso e suando na cadeira de plástico, só pedia para irem embora dali.

Passada a tristeza, os pais foram atrás de outras soluções. Buscaram coisas mais distantes, mais específicas, mais caras. Pensaram até em mandar o filho para o exterior, para algum país que não enxergasse os atípicos como um fardo. Mas desistiram, porque a própria ideia do pequeno estar tão distante os deixava arrasados. Ao cair da noite, no pátio interno, a mãe enxugava os olhos e depois acendia um cigarro. O pai começava a servir mais um pouco de chá de verbena para ela, suspendia o movimento, ia buscar uma garrafa de vinho.

Ouviram falar de uma casa. Uma casa isolada, a centenas de quilômetros dali, em forma de L, situada numa pradaria, cheia de crianças como a deles, cuidadas por freiras. Onde as freiras moravam? Voltavam para casa à noite? Eram originárias da região? Será que elas sabiam que o menino era friorento, mas a lã o pinicava, que ele gostava de purê de cenoura e de tocar na grama, que a batida de uma porta fazia ele dar um pulo? E seriam capazes de lidar com um ataque de tremores, com uma colherada de comida que fica presa na garganta ou com um calázio, aquela inflamação das pálpebras que o menino vinha desenvolvendo com uma frequência cada vez maior? O mais velho nunca obteve resposta. Detestou aquela paisagem plana e sem pedras, aquele clima ameno. Considerou absurdos os muros que cercavam a casa e o jardim. Como se o menino pudesse fugir em disparada, pensou. Depois de passar por um portão azul, o carro seguiu sobre o cascalho, que estalava muito alto. A casa era baixa, com cobertura de telhas, fachadas brancas e, por um ínfimo instante, a saudade das paredes cor de areia da sua região, um tom tão particular do xisto misturado à cal, lhe deu um aperto no coração. Ele se viu girando nos calcanhares, tirando a criança do seu assento especial do carro e correndo pela planície, a mão segurando sua nuca. Com efeito, imerso nesses pensamentos, ele não respondeu à saudação daquelas senhoras que usavam cornetas brancas na cabeça.

    Não saiu do carro. Recusou a visita às instalações, bem como o adeus. Ficou concentrado nos ruídos, como havia aprendido com o menino. O sibilo do porta-malas, o deslizar da bolsa sendo puxada (colocaram o pijama roxo, o preferido dele? E uma pedrinha do rio, um galho, algo que fizesse ele lembrar da montanha?), os passos sobre o cascalho, o rangido do portão, o silêncio, alguns pipios de pássaros que ele não reconheceu, novamente o barulho dos passos, a porta que bate, o motor tossindo. Abandonou os olhos escuros numa pradaria e voltou para a sua vida.

    O pai fez umas piadinhas sobre as freiras, os primos telefonaram para debochar do infortúnio de terem que frequentar "os papistas", mas todos ficaram aliviados ao saber que o menino estava sendo cuidado. Todos, menos o mais velho.

No mais fundo dele, a tristeza foi se instalando. Evitava as almofadas do sofá, que ainda guardavam o molde do corpo do menino. Não voltou mais para perto do rio. Não fez mais listas, mudou sua rotina matinal. Passou a se demorar na saída da escola, já que, de agora em diante, ninguém mais precisava de fraldas nem de purê de cenoura.

    Cortou o cabelo, começou a usar óculos. Se envolveu no seu novo colégio de ensino médio como são capazes de se envolver aqueles cuja memória transborda, com uma seriedade intimidadora. Os outros ficavam ao redor dele, aqueles famosos outros que haviam erigido, com um olhar, uma barreira entre o seu irmão e o resto do mundo. Era preciso lidar com eles. Sabia disso. Integrou-os suficientemente à sua vida para não ser posto de lado, mas não o bastante para se abrir e se afeiçoar. Entrou em grupinhos, sempre encontrou alguém para almoçar no buffet livre, foi a algumas festas. Evitou ficar sozinho, embora estivesse totalmente só. Era tudo questão de cálculo e de aparência. Suas manhãs começavam inchadas de lágrimas, pois, no momento em que abria os olhos, primeiro ele ouvia o barulho do rio e, no segundo seguinte, lhe vinha a certeza daquela caminha sem lençóis a poucos passos do seu quarto. Então seu coração endurecia — ele o sentia fisicamente enrijecer, tornar-se um bloco compacto e pesado — e, logo em seguida, ele explodia em silêncio, liberando milhares de estilhaços cortantes que feririam o dia que estava por vir. Punha a mão sobre o peito e sempre ficava surpreso por não estar sangrando. Respirava com dificuldade. Permanecia assim, com os pés descalços sobre os ladrilhos, a parte superior do corpo curvada. De algum lugar ele tirava coragem para se levantar, passar na frente do quarto do menino, encarar a banheira vazia. Na pia do banheiro, o frasco de óleo de amêndoa doce já não tinha serventia.

Onde quer que fosse, ele tinha que suportar a ausência física. Era a parte mais difícil. O contato com a pele pálida e macia, o bochecha-com-bochecha, o cheiro dele, a textura dos seus cabelos, os olhos escuros e errantes. O gesto de levantá-lo pelas axilas, o contato do corpo erguido contra o peito, a respiração no pescoço. O cheiro de flor de laranjeira. A quietude tranquilizadora e aquela suavidade, ah, a imensa suavidade que o ajudava a viver. Também era preciso enfrentar a preocupação permanente de saber se estavam cuidando bem dele. A ideia de que ele estivesse com frio o deixava apavorado. De que enquanto ele, o mais velho, estava fazendo o dever de casa, ou sentado no ônibus, ou colhendo os primeiros figos, exatamente naquele momento, o menino pudesse estar com frio. A sobreposição dessas duas temporalidades lhe era insuportável. Somava-se a isso o temor de que ele estivesse sendo maltratado por mãos incompetentes. Então ele ia com frequência até o pomar onde havia coberto seu irmão com um pano de prato e ficava olhando as maçãs no chão. Sabia muito bem que era inútil permanecer plantado ali, no vazio da lembrança, mas não conseguia evitar. Era um jeito de acalmar seu coração alvoroçado, uma forma de estar com o menino.

Um dia os pais o levaram no casamento de uma prima. Ele não gostava de multidões, menos ainda dos trajes afetados e das regras de etiqueta, mas era capaz de suportar aquilo. Além disso, seus pais pareciam felizes. A mãe tinha alisado o cabelo, o pai estava inclinado sobre ela e ela estava sorrindo. Sentado em torno de uma mesa redonda instalada sobre o gramado, tendo as montanhas como pano de fundo, ele comparou aquele momento a uma pausa. Para pessoas como ele, aquelas festas ofereciam uma trégua. Procurou com os olhos a irmã do meio; a distinguiu entre as pessoas que estavam se exercitando nos aparelhos de ginástica que havia entre duas árvores quando uma frase ressoou, algo como "amar não é olhar um para o outro, é olhar juntos na mesma direção". Tinha sido dita no microfone por um dos padrinhos. Era a frase que, inevitavelmente, aparecia em todo discurso de casamento; era, ao que parece, de Saint-Exupéry, e ele a odiava por considerá-la uma idiotice. Era uma lógica de equipe, não de casal. Que mundo esquisito este, em que o amor é transformado numa meta, e que coisa lamentável não entenderem que, muito pelo contrário, o amor é um afogar-se nos olhos do outro, mesmo se esses olhos forem cegos. Ele se sentiu só. Olhou rápido ao redor. As pessoas estavam escutando aquele discurso. Teria dado qualquer coisa para ter o menino com ele. Teria o deitado na grama e estaria com o olhar mergulhado no dele. Lembrou do choque que teve quando a professora de francês fizera estudarem o mito de Tristão e Isolda. Se aqueles dois tivessem decidido "olhar juntos na mesma direção"! Tinham justamente se fundido um no outro, e ele, que preferia a matemática à literatura, ainda assim tinha um fraco por aqueles amantes. Entendia perfeitamente a indiferença às regras quando um amor poderoso exige.

No novo colégio, a audição sensível que desenvolvera fazia ele dar um pulo ao menor som. Odiava as correrias, os gritos, as ameaças lançadas de um grupo a outro diante dos portões. Mas não demonstrava o incômodo. O barulho era capaz de levá-lo às lágrimas, porque então ele ficava à procura daquela presença suave e do silêncio, da respiração regular. No fundo, pensava, eu é que sou inadaptado. E a ideia de que, naquele momento preciso, o menino estava respirando sem que ele pudesse vê-lo, de que continuava existindo, porém longe dele, causava uma dor tão grande que ele começou a ter bloqueios. É por isso que parou completamente de ler e se concentrou nas ciências. As ciências, pelo menos, não causavam nenhum mal. Não abriam nenhum portal para a memória, não convocavam os sentimentos. As ciências eram como as montanhas, gostando ou não elas estavam ali, indiferentes aos sofrimentos. Tinham a precisão. Ditavam sua própria lei: era certo ou errado, era calmaria ou tempestade. O mais velho mergulhava em problemas geométricos, enigmas escritos sem palavras, numa aritmética que ia desenrolando suas páginas como um manuscrito de uma língua primitiva. Tratava-se de conseguir demonstrar. Era algo frio e reconfortante. Quando ele levantava a cabeça, sentia crescer uma irritação enciumada com as freiras, que ele não era capaz de conter. Então voltava aos números.

Anos depois, ele compreenderia que aquelas mulheres também haviam chegado a um nível inimaginável de infralinguagem, sendo capazes de se exprimir sem palavras nem gestos, que elas tinham entendido, havia muito, aquele amor tão peculiar. O amor mais fino, misterioso, volátil, baseado no aguçado instinto animal que pressente, que dá, que reconhece o sorriso de gratidão para com o instante presente sem sequer cogitar a ideia de receber algo em troca, um pacífico sorriso de pedra, indiferente aos amanhãs.

A cada início de férias, a família partia das montanhas até a pradaria para buscar o menino. O mais velho via o portão azul se aproximando, ouvia o barulho do cascalho. Não saía do carro. As irmãs vinham até a escadaria da entrada com o menino nos braços. Seguravam a cabeça dele com cuidado, o prendiam pacientemente no assento especial, no banco de trás do carro. A mãe fazia um carinho na cabeça do menino, agradecia às irmãs. O mais velho ficava olhando fixo para a frente. Seu coração batia na barriga, nos dedos, nas têmporas, ele achava que ia explodir. Sentia uma fragrância nova; não a de flor de laranjeira que ele conhecia, mas um cheiro mais adocicado. Também sentia que estava prestes a se inclinar na direção do pescoço dele, encostar a bochecha na dele, aquele contato que tanto lhe faltava. Então, num gesto de resistência desesperada, ele tirou os óculos. Sendo míope, não corria o risco de vê-lo, porque vê-lo significava recomeçar do zero. Isso trazia de volta à tona todos aqueles dias sem ele, sem sua pele macia e seu sorriso. Isso prenunciava a próxima partida, ainda mais dolorosa. Vê-lo destruía, de uma só vez, todo o seu trabalho de bravura. Seria deitar no chão e morrer.

Então o mais velho guardou os óculos. Ficou com os dentes cerrados ao longo de todo o caminho. Se forçou a manter a cabeça voltada para a janela, em meio a um nevoeiro. As manchas verdes, brancas e marrons se sucediam em alta velocidade. Por um breve instante, cedeu, virando-se para dar uma olhada na direção do assento especial, junto da outra janela. Ficou aliviado: não conseguia distinguir nada, exceto talvez as panturrilhas magrinhas que agora estavam aparecendo um pouco — aliás, o que era aquilo que ele tinha nos pés? Pantufas, mas de onde tinham saído? Parou, forçou-se a desviar o olhar. Ignorou a irmã, que o observava, concentrando-se nas manchas do lado de fora, e esfregou os olhos, que ardiam. A mãe trocou o menino quando fizeram uma parada para abastecer, deu de comer, cantarolou no ouvido dele. Ver o menino sendo bem cuidado tranquilizava o mais velho, mas ele permaneceu obstinadamente cego ao irmão, com medo de acabar submergindo.

Chegaram ao pátio interno. Na frente, com passos enérgicos, vinha a do meio. Ela já não era uma menininha, mas continuava bem-humorada, animada, e estava de olho no irmão maior. Era a sua vez de tomar conta dele. Depois vinha o mais velho. Ele estava de mãos vazias. Atrás, a mãe carregava o menino. Ela ia andando com bastante cuidado. Ele tinha crescido, a distância entre as nádegas e a cabeça era grande, e era preciso sustentá-la sem torcer as suas costas. Ela o pôs deitado nos almofadões apenas pelo tempo necessário para abrir a casa. Então nós vimos o mais velho puxar uma cadeira de plástico, longe do seu irmão, sentar e apertar os olhos. Estava tentando enxergá-lo com mais nitidez. Não tinha recolocado os óculos, já que vê-lo estava acima das suas forças, mas a viagem de carro tinha feito ele entender que não vê-lo também estava acima das suas forças. Então ficou tentando vê-lo *apesar de tudo*.

    Fez isso em todas as férias. Se acomodava no pátio, com a desculpa de terminar um exercício de matemática, depois erguia a cabeça. Seus olhos ficavam semicerrados, seu rosto contraído, para conseguir perceber o menino deitado. Não lhe dava mais de comer, não falava mais com ele, não tocava mais nele. Mas ficava um bocado de tempo ensaboando as mãos, com a cabeça voltada para a banheira, enquanto a mãe dava banho no menino. Descascava os legumes ao lado do sofá e parava diversas vezes, com todo o seu ser contraído num esforço, numa certeza: não se aproximar, não encostar sua bochecha na dele.

    Como a miopia só lhe fornecia uma silhueta nebulosa, ele se restringiu à audição. Sabia fazer isso. Escutava o irmão respirando, tossindo fraquinho, engolindo a saliva, suspirando, gemendo. À noite, acordava sobressaltado, fugindo de imagens repulsivas. Afastava os lençóis. Andava sobre o piso de terracota, empurrava a porta só um pouquinho, o suficiente para ver as circunvoluções da cama. Não avançava mais do que isso. Ficava escutando o menino respirar. Era preciso, acima de tudo, não chegar perto. Ele não se recuperaria disso. Permanecia atrás da porta, trêmulo, dilacerado. Era absurdo. Era assim. Diante da provação, ele se adaptava.

À noite, quando ele levanta para vir se grudar ao muro do pátio, apoiar sua testa contra nós, suas mãos sobem até a altura do rosto e se apoiam. Seu corpo fica tenso, pronto para o confronto.

Os meses passaram. Num verão, o mais velho, já quase um rapazinho, arrumou sua mochila para ir encontrar os amigos num local mais afastado, ainda na região. Sua viagem duraria alguns dias. Ele se despediu dos pais, atravessou o pátio e, subitamente, nós vimos ele dar meia-volta. Como se surpreender? As coisas não duram para sempre, e mesmo nós viraremos pó. Para ele, havia chegado a hora de reatar. Seria a iminência da partida ou o transbordamento daqueles meses de dor afastado do menino? Seria a maturidade ou, pelo contrário, o esgotamento por não conseguir crescer, ser racional? Fosse como fosse, a certeza floresceu antes mesmo que ele tivesse passado pela porta de madeira. Viver *ao lado*, isso já não era possível. Ele tinha tentado. Tinha tirado os óculos, criado outros laços, alimentado os seus dias com presença e acontecimentos. Tinha se metido em confusão como devia, se contentado com uma silhueta borrada, tinha conseguido ficar longe da cama nas noites de insônia. E o resultado cabia nessas poucas palavras: viver *ao lado*, isso já não era possível. O mais velho largou a mochila no chão e subiu as escadas.

Seus passos o conduziram até o frescor do quarto. Empurrou a porta, caminhou até a cama de volutas brancas. O menino, como de costume, estava deitado de costas. Tinha crescido. Estava usando um pijama roxo tamanho dez e pantufas com forro de lã de ovelha. Seus punhos estavam fechados. A boca, entreaberta. Absolutamente semelhante a si mesmo. Seus olhos escuros vagavam, a não ser que seguissem trajetórias específicas. Ele estava ouvindo o rio e as cigarras através da janela aberta. O mais velho se agarrou às volutas como a um parapeito, se inclinou sobre o colchão. O menino estava com a cabeça virada na direção da janela, como se estivesse oferecendo sua bochecha redonda e sedosa. O mais velho foi se aproximando como um pássaro que volta para o ninho, com um alívio tão grande que seus olhos se encheram de lágrimas. Ressurgiram todas as palavras que estavam enterradas havia meses. Falou com ele como antes, sem esforço, a bochecha colada na dele, com as entonações que ele conhecia. Contou do seu estratagema infeliz, tirar os óculos para não vê-lo mais ao mesmo tempo que tentava vê-lo, contou do correr dos dias sem ele. Seu coração foi se abrindo como uma fruta madura. No entanto, o menino não sorriu, não chegou nem a piscar os olhos. Estava olhando para longe e respirando suavemente, como sempre. Não reconhecia mais a voz dele. Fazia quanto tempo que o mais velho já não falava com ele? Endireitou-se, muito pálido, foi buscar a mochila e partiu para encontrar os amigos.

Conseguiu aguentar por quatro dias. No quinto, ao amanhecer, foi pedir carona à beira de um castanhal. À tarde, empurrou a porta de madeira com o ombro, atravessou o pátio com ar marcial, cruzou a sala sob os olhares atônitos dos pais e seguiu direto para a escadaria. Como se nada tivesse mudado fazia quatro dias: a cama, as cortinas atingidas pelo sol junto à janela aberta, o rugido da torrente. Abriu a porta de uma só vez. Novamente se inclinou sobre a cama, ofegante. Voltou a falar com ele, atabalhoado, gaguejando, incapaz de conter o temor de se saber esquecido. Chorou como anos antes, no pomar, molhando o rosto do irmão, beijando seus dedos. Pediu que o perdoasse. Então o menino bateu seus longos cílios escuros, espichou a boca. Um fiapo contente de voz soou, monocórdio, exceto no último segundo, quando começou a se dissipar com uma tessitura leve, aérea. O mais velho anunciou que iria ficar aqui até o final do verão.

Ele foi adiante com o reencontro. Um dia, trouxe para o pátio uma bacia com água morna, uma tesoura, um pente. Se ajoelhou perto das almofadas, molhou a cabeça do menino com cuidado, dando batidinhas na testa com uma toalha. Cortou o cabelo do irmão de um lado, então segurou suas bochechas com a mão, foi virando o rosto dele, e recomeçou a operação. Enxugou-o como quem faz um afago. Seus gestos estavam voltando, intactos. Mas era necessário tempo, e o verão dura apenas dois meses. Quando o carro estacionou diante da casa na pradaria, o mais velho não desembarcou nem conseguiu se despedir.

No entanto, seu retorno ao colégio foi menos doloroso do que nos outros anos. Sabia que seu irmão estava seguro. Sabia-se no rumo de sua vida futura. Pela primeira vez, esses dois dados não estavam colidindo. Pensava nas freiras sem raiva. Elas cuidavam bem dele. Ele estava tranquilo. Lembrava, todos os dias, da canção alegre na cama cheia de volutas e tirava sua energia daí. Abandonou a matemática para escutar música, ir ao cinema, e descobriu as conversas. É claro, ele sabia que nunca iria se igualar aos protagonistas, não tinha a desenvoltura deles. Tinha sempre consigo uma lista de assuntos para discussão, caso um silêncio se instalasse ou uma pergunta invasiva o desestabilizasse, caso ficasse mexido por uma frase, desencorajado por um clima descontraído. Era preciso não se deixar tocar. Era o seu interdito. O preço a pagar era alto demais. Ninguém seria capaz de perfurar esse bloco de medo, mas ele conseguiu baixar a guarda. Deu boas risadas, descontraiu, teve até um namorico. Era tudo o que podia oferecer. Sempre que pensava no menino, sorria. Ele estava longe, mas estava lá. O mais velho o sentia na ondulação apressada de uma cobra d'água, no ar saturado por flores brancas poeirentas ou no sopro crescente do vento. Então lhe parecia que estava ouvindo o farfalhar das árvores ao redor do rio. A beleza estaria sempre em dívida com o menino. Essa convicção foi se transformando em músculo, em armadura. A perspectiva de vê-lo nas próximas férias já não deixava seu coração apertado. Pelo contrário, despertava sua empolgação, agora forte o bastante para que ficasse de óculos e aproveitasse a presença dele. Ele tinha pressa para recuperar sua paz de espírito. Era um sentimento novo e poderoso, pois, finalmente, a provação tinha se transformado em força. Media a contribuição dele assim: inadaptado talvez, mas quem mais tinha o poder de trazer tanta riqueza? Sua simples existência era uma experiência incomparável e, mesmo que ele tivesse perdido o hábito de fazer confidências, de se abrir, de convidar os amigos, tinha recebido, em troca, aquele precioso amor. Então cogitou, pela primeira vez, desembarcar do carro quando ele parasse diante da casa na pradaria. Talvez até conversasse um pouco com as irmãs.

Esse era o ponto do renascimento em que se encontrava quando lhe trouxeram a notícia de que ele tinha morrido. De um jeito tão suave quanto o que viveu, disseram as freiras com quem o mais velho, de fato, nunca chegou a conversar. Seu organismo frágil tinha simplesmente desistido. Essa rendição tinha tomado a forma de uma respiração que cessa, pacificamente. A epidemia de gripe se aproximava, os acessos de tosse e as crises epilépticas se tornavam mais numerosas, ele engolia cada vez mais devagar, as refeições demoravam. Ele havia contribuído com o que podia, se virado com o que tinha. Como se tivesse recorrido às suas reservas e elas tivessem se esvaziado. Numa certa manhã, o menino não havia acordado.

As irmãs enxugavam os olhos. O corpo aguardava a família numa sala especial, nos fundos, ao lado da lavanderia. Ouviam-se os sons habituais, acompanhados de sussurros e de passos no chão de ladrilhos. O mais velho não entendeu nada, agiu como um autômato. Pensou apenas que aquela era a primeira vez que entrava na casa onde o menino havia passado um bom tempo. Os corredores cheiravam a purê morno. As camas, colocadas a meia altura das paredes, eram cercadas por altas grades removíveis. O mais velho reparou na ausência de almofadas e de bichos de pelúcia, o que lhe pareceu uma boa precaução. Os cobertores eram de um amarelo claro. Nas paredes, cartazes com patinhos, pintinhos e gatinhos. Nada de desenhos pendurados, já que nenhuma criança, aqui, era capaz de segurar um lápis, disse para si mesmo. As janelas davam para o jardim. Será que tinham aberto as janelas para que o menino pudesse escutar os ruídos do lado de fora? Pensou que sim.

No momento de entrar na sala, o mais velho tirou os óculos e fechou os olhos. Apalpou um rebordo rígido, concluiu que se tratava do caixão. Foi se inclinando, seu nariz sentiu uma superfície fria e macia. Era a bochecha. O mais velho entreabriu rápido os olhos. Viu as pálpebras fechadas e translúcidas, raiadas de minúsculos sulcos azuis. Os cílios marcavam sua sombra sobre a pele pálida. A boca entreaberta não deixava escapar nenhum hálito tranquilizador, era lógico. Os joelhos tinham sido levemente alinhados, mas, em virtude da sua anatomia particular, eles se afastavam até tocar as paredes do caixão. Os braços tinham sido colocados sobre o peito, com as mãos fechadas em punho. O mais velho perguntou se podia levar o pijama roxo com ele.

No povoado, a mãe, de camisola, mordeu o ombro do marido e depois cambaleou até ele. Ele a abraçou com força e eles foram deslizando juntos até o chão. A do meio permaneceu rígida na janela do seu quarto, observando a montanha para além do pátio interno até os primeiros raios de sol. O mais velho não fez nada. Pela primeira vez em muitos anos, ele não se levantou durante a noite para vir se colar contra nós, aqui no pátio.

Havia uma multidão no funeral, muito embora, obviamente, o menino não conhecesse ninguém. Generosas, as pessoas tinham vindo pelos pais. O pátio estava cheio de gente. Depois todos subiram devagar a montanha, pois aqui os mortos são enterrados dentro dela. A família tinha o seu minúsculo cemitério, com duas grandes lápides brancas cravadas no chão, cercadas por uma grade cujos arabescos de ferro faziam lembrar uma sacada, mas que, para o mais velho, lembravam os da cama. Os primos abriram seus banquinhos de lona, firmaram o violoncelo na grama, pegaram as flautas transversas. A música ressoou.

    Na hora do sepultamento, as pessoas recuaram para deixar o mais velho sozinho. Ele nem chegou a perceber. Foram baixando as cordas com cuidado. Quando o caixão afundou no ventre da montanha, ele foi invadido por um temor tão profundo que chegou a sentir sua mordida: "Só espero que ele não fique com frio".

Então, com os olhos cravados na terra que lentamente engolia o menino, consciente de que aquele era o último adeus, ele lhe fez uma promessa que ninguém ouviu: "Eu vou deixar a sua marca".

O professor, aquele que havia anunciado o veredito e acompanhado o menino por oito anos, estava presente. Ele lembrou que aquela criança tinha vivido muito mais do que poderia. Disse também que aquela pequena vida imprevista era a prova de que a medicina não era capaz de explicar tudo.

— Provavelmente foi o amor que recebeu — ele sussurrou para os pais.

Desde então, o mais velho cresceu sem criar laços. *Criar laços é muito perigoso*, ele pensa. *As pessoas que a gente ama podem desaparecer tão facilmente.* É um adulto que associou a possibilidade de felicidade à de sua perda. Sejam maus ventos ou dádivas, ele já não dá à vida o benefício da dúvida. Perdeu a paz. Se juntou àqueles seres que carregam no coração um instante parado, suspenso para sempre. Alguma coisa nele se tornou pedra, o que não quer dizer insensível, e sim resiliente, imóvel, implacavelmente idêntico com o passar dos dias.

Também carrega dentro de si um estado de alerta. Quando sai de uma reunião ou de uma sessão de cinema e liga o telefone, com frequência sente uma explosão de alívio. Não recebeu nenhuma mensagem alarmante. Nenhuma separação forçada, nenhuma catástrofe. O destino não lhe tirou alguém querido e a família está bem. Se alguém está cinco minutos atrasado, se o ônibus desacelera de repente ou se um vizinho não aparece há alguns dias, sente uma tensão crescendo dentro de si. A preocupação fincou suas raízes nele, brotou como a figueira das montanhas, sólida e resistente. Isso talvez passe algum dia. Ou talvez não.

Ele desperta na calada da noite, com o pescoço molhado, a cabeça cheia de imagens do menino. Sonha que algo ruim está acontecendo com ele. Quer ir ver se está tudo bem. Então lembra que ele já não está. Continua surpreso com o quanto o acontecimento ainda está fresco, como se os dias não tivessem nenhuma influência. Para sempre, seu irmão morreu na véspera. Muito lhe disseram que o tempo cura. Na verdade, ele o mede durante essas noites, e o tempo não cura nada, muito pelo contrário. Ele aprofunda e reaviva a dor, que fica cada vez mais intensa. E isso é tudo o que lhe resta do menino, a tristeza. Não tem como se esquivar disso; significaria perdê-lo em definitivo.

Ele levanta e come alguma coisa. Fica olhando a noite urbana pela janela, muito mais silenciosa que a da montanha. Demorou um bocado para se habituar à cidade. Por muito tempo, ficou desconcertado com os cães presos em coleiras. E com o verão sem ruídos, nem cigarras, nem sapos. Involuntariamente, ergueu a cabeça em março para observar as primeiras andorinhas; aguçou o ouvido, em julho, para os martinetes. Procurou pelos odores, esterco, verbena, hortelã, e pelos ruídos, sinos de ovelhas, rio, zumbido de insetos, vento arranhando o tronco das árvores. Depois se acostumou com o terreno plano — ele, que só conhecia os escarpados —, com o chão sem pegadas nem marcas dos saltos das mulheres. Carrega consigo conhecimentos inadaptados à cidade. Para que lhe serve saber que os castanheiros não crescem acima de oitocentos metros de altitude ou que a madeira da aveleira é a mais macia para se fabricar um arco? Para nada, mas ele está acostumado. Conhecimento inútil era com ele mesmo.

Postado na sua janela, à noite, ele pensa nos galhos macios dos amieiros sobre a torrente, nas libélulas turquesas. Acaba sempre indo buscar um porta-retratos com sua foto favorita, que ele mandou ampliar, a do rio. Fica observando-a com atenção. Ele tinha praticamente se deitado nas pedras para conseguir batê-la do mesmo ângulo de visão do menino. Seus olhos grandes e escuros estão prestes a fugir para o lado, mas naquela foto dá quase para ter a impressão de que ele está olhando. Seu cabelo espesso está achatado pela brisa. Sua bochecha redonda está pedindo um afago. Ao redor, os abetos observam. A água corre, brilhante, ondulando em torno dos dois pequenos tornozelos da irmã, inclinada sobre uma barragem de seixos, com a cabeça voltada para a câmera e o olhar apontando direto para a objetiva. Mais acima, abrindo caminho entre as folhas e os galhos, o céu aparece como uma renda azul. Ele pode ficar analisando os mínimos detalhes dessa foto até o amanhecer.

Depois, sai para trabalhar.

Desenvolveu um raciocínio matemático muito forte, de modo que se tornou diretor financeiro de uma grande empresa. Os números não traem, eles são confiáveis, não reservam nenhuma surpresa desagradável. Todas as manhãs, veste um terno escuro, pega um ônibus junto com outros ternos escuros. Não gosta dos outros, mas tolera as pessoas. Na empresa, ele não tem propriamente amigos. Simples colegas já bastam, pelo menos para não almoçar sozinho no refeitório ou, de vez em quando, receber algum convite para algo no domingo. Sabe o que precisa dizer e fazer para passar despercebido. Não desperta nem desconfiança nem simpatia. É um homem de trinta anos, um sujeito apagado entre tantos outros, o que lhe convém, pois tem a ilusão de que assim, sendo um vulto anônimo na multidão, o destino vá esquecê-lo e deixá-lo em paz. E ninguém entende que, se ele domina tão bem os cálculos, os diagramas, as planilhas de custo-benefício, as operações bancárias de grande porte, as contas equilibradas, é justamente porque foi uma vítima do arbitrário. Ninguém nem suspeita que, por trás desse executivo metido num terno, um menino estranho coloca seus olhos escuros para dançar.

Não tem noiva, nem filhos. Essas coisas ele deixa para a irmã. Ela terá três meninas que tomarão conta do pátio interno aos berros, durante as férias, já que agora ela vive no exterior. Um país, um marido, filhas: longe daqui, ela arranjou para si uma normalidade. Para ela, foi uma questão de honra superar essa maldição do descompasso, enquanto ele continua sendo seu prisioneiro. Mas talvez, ele pensa, essa seja a lição que ela aprendeu ao observá-lo viver, ele, o mais velho. Afinal de contas, o papel dele é esse, ir na frente para reconhecer o terreno. Mostrar o que não se deve fazer.

Nós, as guardiãs deste pátio, os observamos com a mesma ânsia que os seus pais, que agora ocupam a outra casa, de frente para o rio. Nós reconhecemos o rangido da porta pesada, o suspiro de satisfação depois da estrada, os móveis de jardim que são trazidos para fora. Nós os observaremos jantar, apreciaremos a imagem milenar das gerações que se sucedem, e sabemos que, em geral, quando a do meio vem com sua família, o mais velho não vai demorar a chegar. Eles continuaram muito próximos. Ela lhe dá papéis para assinar, o lembra de um prazo, de uma restituição, de uma renovação. Instiga-o a sair, a fazer amigos, e ele responde com um sorriso, está tudo muito bem para mim. E nós acreditamos nele. Onde quer que esteja, e especialmente aqui, ele carrega a lembrança de uma promessa feita sobre um túmulo. Ele deixa uma marca. É capaz de ficar sentado por horas na beira do rio. Nós avistamos esse homem alto debaixo do abeto, ele observa as libélulas e aranhas-d'água. Sabemos que sua alma está apertada de tristeza, reparamos que sua mão toca suave nas pedras onde a cabeça do menino descansava. Mas sentimos também algo apaziguado. Às vezes ele fica totalmente imóvel, de frente para o local onde as almofadas estiveram por bastante tempo instaladas à nossa sombra, e fica ouvindo a tarde que chega. Quando os primos estão ali, ele participa das conversas, ri ao evocar o passado. Eles também tiveram filhos. Ele gosta de ver os pequenos criarem as mesmas lembranças que ele. Proíbe-os de chegarem muito perto do moinho, conserta um triciclo, exige boias de braços para ficarem perto da água. Só é capaz de amar na preocupação. Ele é o mais velho para sempre.

À noite, é ele quem limpa o pátio por último, passa um jato de água nas ardósias, nas hortênsias, e é inevitável: ele se aproxima, apoia lentamente a testa e as mãos contra nós. Fica escorado no muro morno, de olhos fechados. Uma noite, sua sobrinha de cinco anos o surpreende e pergunta:

— O que você está fazendo?

O mais velho, com seu sorriso doce, sem virar a cabeça, responde:

— Estou respirando.

2

A DO MEIO

Desde seu nascimento, ela o detestou. Mais especificamente no momento em que a mãe passou uma laranja na frente dos olhos dele e concluiu que ele não enxergava. Da janela do seu quarto, que dava para o pátio interno, ela tinha visto a mancha brilhante da fruta e a mãe se agachando e ouvido seu fiapo de voz leve e cantante, depois mais nada. Ela lembrava do zumbido raivoso das cigarras, da descida violenta da torrente, do riso abafado das árvores chacoalhadas pelo vento e, no entanto, dessa música de verão restou apenas a cabeça abaixada da sua mãe, com uma laranja na mão.

Compreendera que aquele instante era o da fratura. Era o fim. Por mais que seu pai tivesse bancado o otimista, prometendo que na escola eles iriam ser os únicos que saberiam jogar cartas em braile, ela não se deixou enganar. Conseguia ver claramente uma nuvem de preocupação no olhar do pai e especialmente no sorriso dele, um sorriso só com os lábios, enquanto os olhos ficavam sem nenhuma expressão, olhando para longe. O irmão mais velho, por sua vez, tinha embarcado naquela grande mentira, tinha negociado para ser o primeiro a levar um baralho de tarô em braile para a escola, tinha lhe prometido que jogariam apenas ela e ele. Então a do meio tinha assentido.

E agora o menino reinava.

Ele sugava todas as forças. Dos seus pais e do seu irmão mais velho. Os primeiros enfrentavam, o segundo foi se fundindo. Para ela, não sobrava nada, nenhuma energia para sustentá-la.

Quanto mais o menino crescia, mais ele a enojava. Ela não teria admitido isso a ninguém. Deitado permanentemente, dotado de um sistema imunológico fraco, ele era a vítima de mil problemas. Era preciso limpar seu nariz, dar remédios com uma seringa, pingar gotinhas nos olhos, manter a cabeça na vertical quando tossia. Cada refeição demorava uma boa hora. Sua deglutição era lenta, espaçada por pequenos goles de água, que lhe davam inclinando o copo em direção à sua boca entreaberta, com o temor constante de que ele engasgasse. Sua pele era tão fina que ficava irritada com o atrito de um tecido, com a água calcária, com um raio de sol, com um sabonete muito abrasivo. Ele precisava do macio, do morninho, do mole, coisas para recém-nascidos ou idosos. Mas o menino não era nem uma coisa nem outra. Era um ser a meio de caminho, um erro, emperrado em algum lugar entre o nascimento e a velhice. Uma presença volumosa, sem palavras, gestos ou olhares. Logo, indefesa. Aquele menino era algo aberto. Aquela vulnerabilidade gerava pânico e concedia primazia aos transbordamentos do corpo, e isso, esse corpo sempre machucado, a do meio não suportava. Ela odiava principalmente as inflamações nas pálpebras, os calázios, que formavam pequenos calombos vermelhos, como se ele tivesse sido picado por um marimbondo. Odiava ainda mais aquele colírio viscoso e, principalmente, a Rifamicina, que fazia parecer que os olhos dele tinham sido untados com manteiga. Quando o irmão mais velho aplicava a pomada, massageando lentamente a pálpebra do menino com o dedo, ela saía de perto.

Não gostava dos seus olhos escuros, tão vazios que lhe davam arrepios. Nem do seu hálito, que ela achava fétido. Nem dos seus joelhos brancos e ossudos, muito afastados. Tinham lhe dito que, pelo fato dele ficar sempre deitado, as articulações dos seus quadris estavam fora de serviço, como se estivessem desencaixadas. Que os pés dele cresceriam arqueados como os de uma bailarina, já que nunca tinham sido apoiados no chão. Então para que serviam aqueles pés, ela ficava se perguntando, se não carregavam nenhum corpo, não iam para a frente?

Colocaram nele pantufas de couro forradas de lã. Ele tinha vários pares. Toda vez que ela as via espalhadas pela casa, achava primeiro que eram cadáveres de musaranhos.

Temia especialmente a hora do banho. Deitado, nu, a fragilidade daquele corpo não era tolerável. As costelas ficavam salientes sob a pele branca, a caixa torácica era delicada, a cabeça rolava para o lado e ele acabava engolindo água. O mais velho falava baixinho, fazendo uma melodia, comentando os próprios gestos. Ele segurava o menino com uma mão sob a nuca e, com a outra, o lavava, esfregando suavemente nas dobras, recobrindo seu corpo com água morna. Ela ficava analisando o irmão mais velho, de perfil, curvado sobre a banheira. Era obrigada a admitir que a semelhança entre eles era impressionante. O mais velho e o menino tinham o mesmo perfil, a testa arredondada, o nariz fino, o queixo proeminente, além dos olhos escuros ligeiramente esticados, o cabelo espesso, a boca comprida e bem desenhada. Ficavam diante dela, no banheiro, o original encantador e a réplica fracassada, uma duplicação infeliz.

Não tinha nenhum carinho por ele. O que ela via, em primeiro lugar, era uma marionete muito pálida que demandava os cuidados de um eterno bebê.

Teve que desistir de convidar as amigas para a casa. Como convidar alguém com a presença de um ser assim? Tinha vergonha. Na televisão, vira uma propaganda que dizia: *Diga não ao banal*. A frase a tocara. Ela teria dado qualquer coisa para ter um pouco de banalidade, para poder se misturar na massa das pessoas comuns, com dois pais, três filhos, uma casa na montanha. Sonhava com manhãs cantarolantes e com um irmão mais velho disponível, com música na sala, com amigas nas noites de sexta. Com famílias ordinárias, leves, que mal têm consciência desse privilégio.

Um dia, nós vimos ela atravessar o pátio. O menino estava deitado nos seus almofadões, distante. O tempo estava calmo. Era uma quarta-feira de setembro. Mas uma quarta-feira, nós sabíamos, deveria ser repleta de amigas que teriam vindo fazer o dever de casa, que depois teriam saboreado um lanche diante dos nossos olhos, que poderiam até mesmo ter inscrito suas iniciais em nós, como fazem as crianças daqui. Mas esse dia, para a do meio, significava a solidão. Então ela passou, contornou as almofadas e seguiu na direção da velha porta de madeira. De repente, deu meia-volta, voltou para junto do menino e deu um pontapé nas almofadas. Elas mal se mexeram (duas enormes almofadas de jardim, praticamente edredons, de peso considerável). O menino nem piscou. Mas a do meio com certeza tinha dado um chute. Lançou um olhar assustado na direção da casa e saiu correndo. Nós não a julgamos — quem seríamos nós? Por outro lado, reconhecemos aquela velha lógica absurda, própria aos humanos e aos animais, da qual nós felizmente escapamos: a fragilidade gera a brutalidade, como se os vivos desejassem punir aquilo que não está suficientemente vivo.

A raiva criou raízes nela. O menino a deixava isolada. Ele demarcava uma fronteira invisível entre sua família e os outros. Ela constantemente se deparava com um mistério: por que milagre um ser tão fragilizado conseguia causar tanto estrago? O menino ia destruindo silenciosamente. Ele demonstrava uma indiferença soberana. Ela estava descobrindo que a inocência podia ser cruel. Comparava o menino com uma onda de calor que, pacientemente, vai ferindo a terra e a deixando seca, devastando-a com uma fúria estática. As leis elementares nunca pediam desculpas. Elas agiam como bem entendiam, e cabia aos outros aceitar a pilhagem. Se a do meio quisesse resumir a situação, o menino havia tomado a alegria dos seus pais, transformado sua infância e confiscado seu irmão mais velho.

A do meio nunca o tinha visto ser tão atencioso. Ficou chocada com aquela metamorfose. Lembrava de um irmão mais velho valentão, calado, um pouco arrogante, capaz de liderar o bando de primos montanha acima, de caçar morcegos-anões ou de começar uma guerra de algas na beira do rio. Ele era aquele que seguia as pegadas de javalis, que mordia cebola crua. Ela sempre o temera, o admirara muito. Teria o seguido em qualquer lugar. Por causa do menino, ele não acompanhava mais o seu crescimento, não tinha nem percebido que ela já conseguia nadar sem as boias de braço. Onde é que aquele irmão mais velho tinha ido parar? Agora ele ficava estudando dutos de lareiras, porque seu grande medo era que o menino morresse asfixiado pela fumaça. Até seu jeito de andar havia mudado. Quando, nas horas quentes do verão, ele saía para o pátio para mudar o menino de lugar, levando as almofadas até a sombra, ela ficava observando seus passos longos, estranhamente lentos e determinados, movendo-se num ritmo bastante tenso rumo àquele ninho de almofadas. O passo de um animal em direção ao seu filhote. Aquilo não era perdoável.

Seu irmão mais velho, que sempre exigira resiliência, havia aguçado tanto o seu temperamento que ela acabou entrando na briga. A do meio começou por demarcar seu território. Quando o mais velho estava lendo, dando o dedo para o menino, ela ia se intrometer. Chegava perto da lareira, sugeria que fossem colher amoras, construir um arco, subir até as trilhas, esses caminhos nas montanhas por onde os rebanhos se deslocam, tão estreitos que duas pessoas não conseguem passar lado a lado. O mais velho, com toda a boa vontade, devolvia um olhar interrogativo. Ela se lançava contra ele, começava uma discussão, o acusava. Forçava a barra. Mas o mais velho tinha um sorriso doce, quase agradecido, que compensava todas as exclusões. Ele voltava ao seu livro, sempre dando o dedo para o menino, o qual, por sua vez, não conhecia o abandono.

Chegou à conclusão de que a estratégia não estava funcionando. Era preciso acabar com a esperança de poder lhe dizer "vamos pensar em nós" e "pense em mim". Era preciso se adaptar, como quem se molda aos contornos de uma guerra. Ela descobriu as tréguas e as ofensivas.

As tréguas: elas aconteciam no ônibus que os levava para a escola. Todas as manhãs, a do meio e o mais velho esperavam por ele, sob o abrigo de cimento à beira da estrada departamental. Era cedo. E quando o ônibus ia desacelerando com um guincho de freios, ela sentia um grande alívio. Afinal, cada quilômetro ia aumentar a distância em relação ao menino. Sentada ao lado do mais velho, ela tagarelava, inventava histórias. Ele a escutava distraído, com os olhos vagando pela janela do ônibus. Mas ela pelo menos o tinha só para si. A trégua mais bonita foi naquela manhã que eles passaram catando aspargos selvagens enquanto, lá embaixo, os adultos derrubavam um cedro. Tinham sido procurados por todos os cantos. Ficaram de castigo. Pouco importava. Ela sentira que ele queria protegê-la da queda daquela árvore enorme. Como antes, como quando ele tinha posto a mão sobre o ombro dela, na noite em que o pai os chamara no pátio interno para anunciar que o menino era cego. A mão do mais velho no seu ombro, aquele instinto de abrigar, parecia algo natural naquela época. Ela nunca imaginou que poderia perdê-lo.

As ofensivas: cada momento passado sem ela. E principalmente aquele em que o mais velho pegava o menino para ir deitá-lo perto da torrente. Ela o via partindo, com passos hesitantes pela encosta relvosa, o menino colado nele. O local não variava. Ela sabia que ele o colocaria debaixo do abeto, ali onde a água era calma, entre duas quedas d'água. Ela acabava sempre indo se mostrar, a fim de quebrar a tranquilidade do momento. Ficava patinhando, construía pirâmides com pedras, pegava as aranhas-d'água. Gritava, exagerava sua alegria. Ela tomava o seu lugar. Mostrava-se para eles. Às vezes o mais velho pegava sua câmera e os fotografava, ela e ele, ela de pé e ele deitado, mas nunca ela sozinha, com os tornozelos mergulhados na água. Ela encarava a objetiva com um olhar decidido para afirmar sua presença.

Não era o bastante.

Ela cogitou por um momento que, para não perder completamente seu irmão mais velho, talvez fosse preciso tentar amar o menino como ele o amava. Ajeitou os almofadões no pátio, mas o nervosismo dos seus movimentos a traía, e ela puxou uma almofada de um jeito tão brusco que acabou rasgando. Centenas de pequenas bolinhas brancas cobriram o piso de ardósia. Recolheu todas resmungando. O mais velho não disse nada, apenas anotou em sua lista que seria preciso comprar uma outra almofada daquelas. A do meio persistiu nos seus esforços. Procurou se interessar pelos purês de legumes, pelas doses de Depakene, pelos sons, já que o menino só conseguia ouvir. Também ela amassou algumas folhas perto da orelha dele, procurou descrever o que estava vendo. As palavras não vinham. Ela se achava ridícula. Suspirava de impaciência. Tinha vontade de sacudir o menino, ordenar que ele ficasse de pé e parasse com aquele circo, porque todos já estavam se cansando daquilo.

Tentou seguir aqueles olhos escuros que ficavam indo de um ponto para outro. Mas a cegueira, definitivamente, a deixava angustiada. Ela não gostava daquele olhar em movimento. Às vezes, na sua trajetória, os olhos do menino cruzavam com os seus. Ela era tomada por um mal-estar. Aquilo durava um segundo. Então os olhos retomavam seu curso lento e, embora ela soubesse que organicamente aquele olhar não era capaz de enxergar, que ele estava desregulado, não conseguia deixar de ler nele uma ameaça surda, no exato instante em que cruzara com o seu, que dizia: cuidado com os seus sentimentos, eu sei que te dou nojo, mesmo que eu não tenha culpa de nada e que nós tenhamos o mesmo sangue.

Ela se dispôs também a encostar a bochecha na dele, num ponto onde, é verdade, a pele tinha um brilho azulado e leitoso. Mas muito rápido seu estômago ficava embrulhado e, além disso, ela não gostava do cheiro da boca dele, um cheiro de purê, de legumes cozidos, sem falar na fralda, caso fosse preciso trocar — ela é que não faria isso.

Ela chamava o mais velho. Ele vinha trocar a fralda. Ao vê-lo debruçado sobre ele, recomeçando com aquele tom de voz tão doce que se tornava grudento, segurando delicadamente os tornozelos afastados para levantar as nádegas e colocar ali uma fralda limpa, sempre havia um momento quando, com todas as suas forças, ela gostaria que ele se afastasse do menino e a convidasse para irem sentar, apenas ela e ele, à beira do rio.

Às vezes pensava que, já que as coisas eram daquele jeito, valia mais aproveitar um menino sem reação para brincar. E ia buscar elásticos, maquiagem, uma gola de renda, uma faixa para o cabelo. No pátio, ela sentava de pernas cruzadas ao lado do cestinho e desenhava dois círculos vermelhos nas bochechas dele, reforçava um pouco as sobrancelhas, passava sombra nos olhos. Ou então ela fazia trancinhas naquele cabelo espesso. O menino não demonstrava nem surpresa nem resistência. Fazia uma careta quando o pincel roçava na sua bochecha, erguia as sobrancelhas rápido quando um material desconhecido cobria sua cabeça. O mais velho uma hora surgia, com cara de bravo, sem chegar a repreender a irmã, mas ia logo pegando o menino, ajeitando a testa dele no seu pescoço. Nos seus braços, ele parecia leve como uma pluma. Isso era algo que ela não sabia fazer.

Só uma vez ela o pegara no colo. Tinha se aproximado do cestinho na sala de estar. Tinha tomado coragem, colocado as mãos sob as axilas do menino e então o levantado. Mas esquecera da nuca sem sustentação. A cabeça foi pendendo para trás, dobrando na base do pescoço. Assustada, ela o soltou. Ele tinha caído. Sua cabeça havia quicado no tecido do cestinho para então se projetar em direção ao peito. A parte de cima de seu corpo tinha balançado para os lados antes de ficar imóvel. O menino começou a chorar de desconforto. Foi a única raiva do seu irmão mais velho, furioso por descobri-lo daquele jeito, como uma marionete desarticulada, com as panturrilhas no vazio e a testa inclinada para a frente. No entanto, ele não botou a culpa na irmã. Esbravejou contra a indiferença, como era possível que ninguém pensasse em endireitá-lo? Só porque ele era inadaptado dava para deixá-lo de qualquer jeito, com o pescoço retorcido? Os pais o acalmaram com delicadeza, eles entendiam que o mais velho tivesse ficado tão preocupado, mas estava tudo bem, o menino não estava mais gemendo e, além do mais, eles tinham comprado uma calça de moletom, e se a gente colocasse nele agora mesmo? Também não culparam a do meio.

A raiva a mantinha ereta, ela era de uma rigidez preciosa. Ela era a força das pessoas em pé. As que ficavam deitadas não tinham esse direito. A raiva lhe possibilitava revoltas silenciosas, os punhos cerrados nos bolsos, as sequências de socos no travesseiro antes de dormir, num ritual colérico e reconfortante. Quando o vento se transformava num tigre louco, quando a montanha estremecia numa alegria maligna com a aproximação da tempestade, ela se sentia em paz. Erguia o queixo para o céu de chumbo, aspirando a tensão que corria pela relva. Parecia que o rio rugia de alegria. A do meio ficava esperando os trovões e a chuva, porque, finalmente, se sentia compreendida.

Como ela estava sempre com as sobrancelhas franzidas e devolvia um silêncio teimoso às perguntas dos pais, eles a mandaram para um psicólogo. O consultório ficava na entrada da cidade. Tiveram que deixar o carro no estacionamento da zona industrial. A do meio primeiro se sentiu violentada pela imensidão do lugar. Depois relaxou. Aqueles letreiros vomitando suas letras de neon, aquelas lojas do tamanho de hangares, o balé ruidoso dos carros a acalmaram do mesmo jeito que a tempestade. Havia ali um exagero, e o exagero a tranquilizava. Ela daria tudo para que o consultório do psicólogo exibisse algum excesso, algo que falasse espontaneamente com ela, mas é claro que ocorreu o contrário. Odiou o calorzinho acolchoado da sala de espera. Teve a impressão de estar entrando numa incubadora. Tapetes, poltronas macias, um difusor de óleos essenciais, quadros com cenários rústicos, tudo a violentava.

O psicólogo era jovem, tinha uma voz suave e um olhar de curiosidade. Como ela respondia com um encolher de ombros, ele lhe ofereceu uma folha e lápis de cor. Ela já estava se preparando para dizer que tinha doze anos, que não estava mais no jardim de infância, mas pensou na mãe, que estava esperando na sala de espera. Pegou os lápis.

Durante seis meses, ele a fez desenhar. No fim, com a inspiração quase esgotada, ela pintava a folha inteira, pressionando o máximo possível para quebrar a ponta do lápis.

O segundo psicólogo ficava num burgo mais além da cidade. Levava uma hora de carro. Ele ficou balançando a cabeça por três meses, concentrado, enquanto ela recitava os cardápios do refeitório da escola.

A terceira ficava num vilarejo mais perto. Ela atendia num posto de saúde que também contava com um clínico geral, um dentista e um fisioterapeuta. Desta vez, a sala de espera era modesta, com cadeiras de plástico. As portas se abriam com frequência, nomes eram ditos em voz alta, pessoas se levantavam, algumas usando talas. A psicóloga usava um coque frouxo, antiquado. Pediu para ver a mãe junto com a do meio. Começou a lhe fazer perguntas. Ela tinha amamentado os filhos, ela chegava em casa muito tarde, ela amava o marido, ela amava a própria mãe, ela sabia que um "vínculo alimentício problemático" se transmitia de geração em geração? Ao vê-la se ajeitar na cadeira como uma estudante que estava fazendo o melhor que podia, a do meio sentiu subir aquela raiva que fazia o papel de força vertical. Às vezes cabia às filhas proteger as mães. Ela nem reclamou quando a filha pegou na sua mão e se levantou. A psicóloga foi andando atrás delas até a porta. O barulho dos saltos dela parecia o trote de uma mula.

— Pois então — disse ela.

— Ah, mas vai procurar um psicólogo — retrucou a do meio.

Já no carro, elas quase engasgaram de tanto rir. Curvada sobre o volante, a mãe enxugava os olhos. A do meio se perguntou se ela estava chorando. Então se inclinou para abraçá-la e ficaram assim, coladas uma na outra por cima da alavanca de câmbio.

Um dia, a mãe recebeu a visita de algumas amigas que moravam na cidade. Como de costume, o menino estava deitado nos seus almofadões, na sombra do pátio. A atmosfera era tranquila, mas velhas guardiãs como nós sabem reconhecer as tensões subterrâneas. Com muita naturalidade, a mãe foi servindo algo para beberem. As amigas lançavam olhares de relance na direção do menino. Nós conseguíamos sentir o desconforto delas. Resolveram fazer perguntas. Ele era tetraplégico? Ele estava com dor? Conseguia entender o que diziam para ele? Teria sido possível prever a sua "doença" (foi essa a palavra usada)? A mãe largou a jarra sobre a mesa e respondeu pacientemente. Não, sua coluna não é seccionada, ele não sofre de nenhuma lesão. O cérebro dele simplesmente não transmite. Ele não sente nenhuma dor, além disso consegue se expressar pelo choro ou pelo riso. E também consegue ouvir. Então ele é cego? Sim. Ele nunca vai falar, nunca vai conseguir ficar de pé? Não. Não dava para ver nada na ecografia? Não. Ele contraiu alguma doença no útero, ou então você estava com alguma doença? Não, isso é uma malformação genética, um cromossomo defeituoso, é algo que não pode ser previsto e não tem tratamento, que acontece totalmente por acaso.

Naquele momento, a do meio reprovou a atitude da mãe, porque sabia que ela própria seria incapaz de tamanha grandeza. Nós conseguíamos ouvir o alvoroço dentro dela, a culpabilidade miserável. Ela dizia a si mesma: Em mim não tem nenhum vestígio dessa generosidade simpática, que se serve de palavras simples. A confiança é um risco e a minha mãe o assume. Ela fala de peito aberto, sem medo. Eu não sou capaz disso. Eu não tenho essa compostura típica das mulheres da montanha, feitas de rocha e de pó, polidas por séculos de uma submissão destemida. Mulheres de pé sobre seus tornozelos de cerâmica, cuja aparente resignação não passa de um ardil. Mulheres que se parecem com as pedras daqui. Todos as consideram quebradiças (a origem da palavra "xisto" não significa "que pode ser quebrado"?), mas, na realidade, não há nada mais sólido do que elas. Pois, com relação ao destino, as mulheres se mostram astuciosas. Elas têm a sensatez de nunca o desafiar. Elas se curvam, mas, às escondidas, se adaptam. Elas anteveem redes de apoio, organizam uma resistência, poupam suas energias, enganam os sofrimentos. Será mero acaso o fato de que o meu irmão mais velho coloca a resiliência acima de tudo? Fazer *com*, e não fazer *contra*. Eu não sou capaz disso. Eu, a do meio, me oponho o tempo todo. Eu brigo e grito a minha revolta contra o destino, eu não percebo que as forças envolvidas são desiguais, eu vou sair derrotada, mas teimo em discordar. Eu sou uma recusa a mim mesma. Eu não faço parte das rainhas daqui.

Levantou, passou pela porta medieval e foi se distanciando montanha acima. Seus tênis escorregaram na rocha, mas ela continuou, com uma linha vermelha marcada na canela. Andou pela trilha dos rebanhos, sentou junto às samambaias. Ao longe, conseguia ver os três troncos cinzentos das cerejeiras que tinham morrido junto com o camponês. Eles erguiam suas carcaças em meio à relva. Em torno dela, o equilíbrio era perfeito. A chuva de verão tinha umedecido a pedra. Um perfume subia do chão, um odor de terra encharcada, de raízes frescas. Mas as raízes estavam em sintonia com as árvores, com os charcos, com as folhas e com os sinos das ovelhas que soavam ao longe. Havia ali uma harmonia independente, e era insuportável. A do meio sentiu nascer nela um profundo sentimento de injustiça. Aquela natureza era como o menino, de uma indiferença cruel. Continuaria a viver muito tempo depois dela, dotada daquela beleza insensível que não dava ouvidos a nada, nem mesmo à aflição das irmãs. Era verdade, as leis elementares nunca pediam perdão. Ela levantou, pegou uma pedra e foi pacientemente destruindo uma pequena azinheira. Seus galhos eram flexíveis e, mais de uma vez, balançaram e lhe atingiram no rosto, como se a árvore estivesse se defendendo. Ela estava usando uma regata, seus braços ficaram arranhados. Continuou batendo com a pedra até que não sobrasse nada além de um tapete de galhos e folhas. Gotas de suor queimavam os seus olhos.

Quando ela desceu, se deparou com um cachorro perdido, deitado sob o alpendre, de frente para o depósito de lenha. A posição dele era estranha. Estava dormindo com a cabeça de viés, as patas como que separadas do tronco, jogadas para o lado. Era um cachorro abatido pelo calor, aparentemente feliz, mas a do meio, paralisada onde estava, pensou que a diferença do menino fosse contagiosa. Os seres ao seu redor estavam se desarticulando. Em breve o mundo inteiro estaria fraco e de ponta-cabeça. Chegaria o dia em que ela mesma iria acordar com o pescoço fraco, os joelhos pesados. Tomada de pânico, ela correu, desceu até o pomar, ao longo do rio, tropeçou nas maçãs que estavam caídas pelo chão, levantou. Entrou na água. Os tênis impediram que escorregasse. Avançou mais, havia sombra, a superfície era escura, levemente enrugada pela passagem de uma aranha-d'água. Milhares de agulhas espetaram suas panturrilhas, suas coxas, seus quadris, mesmo com os shorts. A água ia lavando a ferida na canela, os arranhões nos braços, a regata empapada de suor, a pele úmida e coberta por uma fina camada de terra. Seu peito subia e descia muito rápido. Ela estava tremendo de frio ou de tristeza, não conseguia saber. Uma pergunta se abriu dentro dela como um abismo, algumas palavras que perfuraram seu coração: *Quem vai me ajudar?* O rio lhe dava lastro, impedia que caísse totalmente naquele abismo. Ela abriu os braços, seus dedos saíram da água, agitaram a superfície lisa. Permaneceu assim, com os braços rígidos e trêmulos. Alguém que topasse com ela naquele momento teria ficado com medo. Uma garotinha dentro do rio até a cintura, completamente vestida, com o corpo em forma de cruz, ofegante, os cabelos bagunçados. Ela estava tentando acalmar sua respiração. Fechou os olhos para se concentrar nos sons — sem nem imaginar que estava fazendo exatamente igual ao menino. A quietude da tarde a envolveu. Logo chegaram aos seus ouvidos os pipios dos pássaros, o rumor das quedas d'água. Ao redor, ela sentia a enorme montanha, cristalizada no sol do verão. Apenas os insetos zumbiam, aproveitando-se do cozimento imóvel das plantas. Uma libélula roçou na sua orelha. As coisas estavam voltando para o seu devido lugar. A montanha tinha simplesmente esperado que a crise terminasse. Vinha fazendo aquilo havia milênios, esperar que os humanos se acalmassem. A do meio ficou se sentindo uma menininha instável. Abriu os olhos, ergueu a cabeça. Os galhos dos freixos formavam um telhado.

A única pessoa que deixou seu coração mais leve foi a avó. Ela tinha vivido antigamente no povoado, antes de se aposentar e ir morar na cidade. Aliás, ela dizia que tinha sido "feita para a cidade". Estava sempre com um batom forte, saltinho baixo, um coque castanho bem complicado, não tirava as pulseiras, insistia em dormir com um quimono leve mesmo nas estações frias e em usar um vestido de cetim nas noites de Natal. Mas isso não enganava ninguém, ela era totalmente uma mulher das Cevenas. Primeiro, porque ficava repetindo, sem nem se dar conta, "lealdade, resiliência e discrição", uma fórmula mágica que parecia resolver todos os problemas. Depois, porque tinha feito parte da resistência durante a guerra, episódio sobre o qual ela nunca falava, com exceção de uma vez, quando mostrou à neta um túnel cavado no parapeito da ponte de pedra. Era preciso descer até o pomar, subir um pouco pelo rio até chegar embaixo da ponte. Dali era possível enxergar, ao longo das pedras, uma entradinha escura. Aquele túnel havia abrigado famílias. Subiram da margem até ali, os mais velhos tinham sido carregados. Rastejaram sobre os antebraços naquela garganta escura e profunda. As crianças passavam sempre primeiro.

E, finalmente, porque a avó era capaz de diferenciar, numa rápida olhada, uma nespereira de uma ameixeira, de construir uma paliçada de bambu (o que ela tinha feito no fundo do pomar, deixando o vale inteiro impressionado), de cozinhar pratos com plantas selvagens. Diante de um tronco retorcido, ela dizia:

— Esta árvore está infeliz.

Sabia identificar até as raízes do vento, para citar o lugar exato onde ele nascia. Ela dizia:

— Esse aí vem do oeste. Ele é traiçoeiro. É o Rouergue, ele vem de Aveyron, é pegajoso e causa angina de peito. Vai cair uma garoa depois da hora do café. — E a garoa caía na hora do café.

Ela tinha o ouvido tão aguçado que não só conseguia identificar o pipilo de uma alvéola-branca como também dizer sua idade. Era uma bruxa disfarçada de duquesa, pensava a do meio.

Durante as férias, a avó se instalava na primeira casa do povoado. As crianças só precisavam atravessar o pátio e caminhar alguns passos ao longo da estrada para chegar lá. Ela vivia ali com total independência, mas ainda assim perto da família, como nos povoados de antigamente. A varanda era protegida por balaustradas de madeira. Ela dava para a torrente. Na outra margem, a montanha se erguia num aclive acentuado, com seus reflexos castanho-

-avermelhados, de modo que, espichando bem o braço a partir da balaustrada, dava quase para tocá-la. O rumor da água ia subindo, estrangulado naquele corredor entre a montanha e o muro que sustentava a varanda, até explodir, galvanizado pelo eco. A do meio gostava daquele lugar em que a parede rochosa parecia estar sendo raspada, sempre com o estrondo da espuma. Ela preferia essa varanda ao pátio interno, aquele lugar fechado no qual colocavam seu irmão deitado em almofadas.

Foi ali, sentada numa cadeira de vime, que a avó se inclinou para colocar um ioiô de madeira nas suas mãos, com as seguintes palavras:

— Eu dei um igual a esse para as crianças escondidas na ponte. Porque, na vida, às vezes se está por baixo, mas sempre se acaba subindo.

Junto dela, não havia nem irmão roubado nem irmão ladrão.

Juntas, elas passavam tardes inteiras trancafiadas na cozinha preparando waffles de laranja (uma receita portuguesa que a avó adorava), anéis de cebola, geleia de sabugueiro. Descascavam as bagas pelantes, recém-fervidas, num calor sufocante de vapor de água. Depois as cozinhavam num tacho de cobre, liberando um aroma de açúcar de baunilha. Elas iam vender suas geleias na feira e depois se davam de presente "uma bela manicure", como dizia a avó. Ela contava de sua infância nas fazendas de bichos-da-seda, construções enormes sem paredes nem portas internas chamadas *casas de fazenda*. Era calor lá. As folhas e as lagartas eram colocadas ali à espera do momento quando teceriam seus casulos.

— Os casulos — dizia a avó — eram o meu inferno.
Era preciso desgrudá-los delicadamente, escaldar as lagartas antes que se transformassem em borboletas. A do meio, maravilhada, ficava tentando imaginar o ruído de cem mil lagartas mordiscando cem mil folhas de amoreira.
— Nem tente — lhe dizia a avó. — O progresso leva os ruídos junto com ele.

Às vezes ela a levava de carro para um ponto mais alto na montanha, até uma árvore em particular. Era um cedro que havia crescido na rocha, mais acima da estrada. Por si só, era algo impossível, nenhuma árvore tinha como desenvolver suas raízes na pedra. No entanto, aquela ali se erguia para o céu com a graça de um pescoço de cisne. A avó parava o carro, se debruçava sobre o volante, levantava a cabeça em direção ao tronco magrinho e dizia:
— Essa tem vontade de viver.
E acrescentava:
— Como você.

Depois ela continuava na estrada e subia ainda mais, até que era possível contemplar uma paisagem grandiosa. O vale exibia seu corredor estreito entre duas enormes montanhas. Pelo brilho era possível identificar um curso de água, depois via-se o vilarejo, aninhado naquelas curvas como uma criança debaixo da asa da mãe. No entanto, a avó não olhava para baixo; apontava sempre para um outro vilarejo lá no alto, o dela, aquele onde ela tinha nascido, praticamente inacessível, um amontoado de pedras castanho-avermelhadas à beira da falésia.

— Ele cresceu perto do vazio — ela dizia.
A do meio pensava:
Como eu.

Voltavam em silêncio. A do meio ficava com a mão para fora da janela aberta. A avó dirigia, concentrada. Ressoava apenas o ronronar mecânico do motor, que variava antes de uma curva muito fechada, depois recuperava o fôlego na descida. Mas, na curva antes do vilarejo, a avó procedia ao seu questionário. Subitamente, ela começava a perguntar, sem desviar os olhos da estrada:

— De quem é a pinha cheia de pequenas línguas de serpente?

— Do abeto de Douglas — respondia laconicamente a do meio, olhando pela janela.

— Eu sou um jovem tronco de freixo. Como é a minha casca?

— Lisa e acinzentada.

— Minhas folhas são em formato de leque, sem nervura central...

— Ginkgo biloba.

— Minha casca é arrancada em rolos para o tratamento de eczemas. Quem sou eu?

— Faia.

— Não.

— Carvalho.

— Sim.

A avó falava pouco. E como acontece com as pessoas reservadas, ela falava através das ações. Da cidade, lhe trouxe o walkman que faltava, depois os tênis da última moda. Assinou para a do meio as revistas da sua idade. Levou-a para ver os novos filmes no cinema do burgo vizinho para que a do meio, no pátio da escola, pudesse dizer:

— Eu também vi *Tudo por uma esmeralda*.

Ela podia entrar numa discussão acalorada sobre Modern Talking, usar um moletom Chevignon, mascar chiclete Tubble Gum. A avó a colocava no mesmo nível dos outros. Ela lhe oferecia uma normalidade. Muito mais tarde, já adulta, a do meio se veria dizendo para uma amiga:

— Se uma criança não está bem, é preciso ficar sempre de olho nas outras. — Depois acrescentava para si mesma: — Porque as saudáveis não fazem barulho, elas se adaptam às arestas que a vida oferece, se moldam às dores sem reclamar de nada. Essas vão ser as guardiãs do farol apesar de odiarem as ondas, mas pouco importa, recusar seria descabido. Um senso de dever as guia. Elas vão estar sempre ali, vigias na noite escura, vão se virar para não sentir frio nem medo. Acontece que não ter frio nem medo não é normal. É preciso ir até elas.

Junto de sua avó, a do meio já não sentia aquela raiva. No entanto, a avó tomava conta do menino. Ela tinha percebido, com seu olho de águia, o apego do mais velho e o sofrimento dos pais. Ela os ajudava com seus gestos. Todo dia ela preparava uma papinha para o menino, de maçã-reineta ou de marmelo. Saía de sua casa, seguia pela estrada, atravessava o pátio. Deixava um pote em cima da mesa da cozinha para o jantar "do pequeno". Acontecia também de levá-lo para a creche pela manhã, quando a mãe não podia, ou de ir buscá-lo. Suas pulseiras tilintavam quando o pegava no colo. Ela o segurava sem muito jeito, mas com firmeza. O menino ficava meio torto, mas não dizia nada. Ela falava pouco com ele, por sua própria natureza, mas acontecia de deixar, ao lado do pote de papinha, um par de pantufas novas, um pacote de algodão ou frascos de soro fisiológico. De que jeito ela sabia que estava faltando, ninguém saberia dizer. A avó sabia. A do meio não ficava enciumada. Pelo contrário, a atenção da avó em relação ao menino aliviava o peso da culpabilidade.

Com o passar dos meses, a do meio foi riscando o menino da sua vida, passando à desconsideração total. Começou a se desviar dos rostos abatidos dos pais quando eles voltavam de um dia cheio de questões burocráticas. Fingia que não via. Não ofereceu nenhum apoio, não demonstrou nenhuma emoção quando os pais anunciaram que o menino seria mandado para uma casa especializada, numa pradaria a centenas de quilômetros dali, administrada por freiras que iriam tomar conta dele. Ficou imaginando o coração em brasa do irmão mais velho, sentado ao seu lado. Preferiu se curvar sobre o prato para separar metodicamente os tomates da sua salada. Perguntou se podia telefonar para a avó naquela noite, porque a sua amiga Noémie andava dizendo que o François Mitterrand era mais bonito que o Kevin Costner, e elas precisavam urgentemente falar sobre isso.

O menino foi embora para a sua pradaria, ela respirou. Com ele desapareceram os incômodos sentimentos de nojo, de raiva e de culpabilidade. Ele levava consigo a vertente escura da sua alma. Ela não iria mais sofrer. Atreveu-se até a esperar que o irmão mais velho voltasse para ela, mesmo que, num primeiro momento, ele tivesse desaparecido. É a única palavra que encontrou para descrever sua silhueta apagada, em que um único passo exalava uma tristeza insondável. Ele estava pálido, com o olhar vago. Parecia sem força. Lembrava o menino.

Ela se voltou para a vida. Foi colecionando amigas, indo de festas de aniversário a noites do pijama (mas nunca organizou uma única na sua casa), multiplicando suas atividades esportivas, comentando as fofocas da OK! Magazine, correspondendo-se com a avó, preparando sua chegada. Gostava de inspecionar a casa fria antes da vinda dela, de preparar o fogo e arrumar a cama, de verificar o cilindro de água quente, de passar um jato de água na varanda. Quando a avó estava lá, a do meio não a abraçava, não a beijava, mas ficava praticamente morando na casa dela. Conhecia todos os recantos dali, qualquer xícara lascada, o ruído da torneira sendo aberta, o cheiro de açúcar de baunilha e de sabão que pairava na cozinha. A avó tinha feito uma reforma na peça principal e optado por uma cozinha aberta, o que para ela era o suprassumo da modernidade; cansara de ver a própria mãe viver trancafiada no cômodo da sua casa. A cozinha branca, feita de madeira clara, corria ao longo da parede daquela grande peça que incluía a lareira e a sala de estar. A avó recebia com frequência suas amigas. A do meio tomou café com mulheres como Marthe, Rose, Jeanine, que ficavam alinhadas no sofá como as pérolas nacaradas de um colar antigo, pousando delicadamente suas xícaras e deixando lacunas em suas frases. Não era a velhice, como a do meio tinha pensado a princípio. Era simplesmente porque as outras já tinham entendido, então não havia necessidade de continuar a frase. Isso gerava diálogos inimagináveis e fascinantes. Esboçava-se uma história fragmentada, repleta de enigmas ("a ponte suspensa na qual a família Schenkel...", "eu semeei no dia em que o canal...", "mas olha! Aquele que estava prometendo...", "quando as minhas mãos, queimadas pelos casulos..."). Narravam episódios de sustos, banquetes de agosto, noivos inconstantes. Às vezes, elas seguravam a risada — a do meio não entendia por quê. Era um riso de garganta, quase arranhado, que não combinava em nada com o jeito elegante delas. Depois retomavam aquela conversa cheia de buracos, "o baile de Mignargue, um cume...", "procuraram seu dedo por todo canto, enfiado no... com a aliança...", "um rosto de alemão, rígido como uma...". Elas balançavam a cabeça, sorriam, pontuavam aqueles vazios com suspiros ou exclamações. Aquelas mulheres tinham vivido juntas tantas emoções fortes que aquela base comum valia como uma linguagem.

Junto delas, a do meio esquecia o menino e o mais velho. Ela já não tinha idade. Ficava tentando reconstruir a memória delas, que era oferecida em migalhas. Ao cair da noite, a mãe ia dar um pulinho na sala de estar e cumprimentava Marthe, Rose ou Jeanine:

— Está tarde, mãe, deixa minha filha um pouquinho para mim, já é hora de jantar.

A do meio se levantava a contragosto. A ideia de sentar de frente para o irmão mais velho a deixava arrasada. Ela estava aprendendo a fugir dele. Porque ficar muito perto dele, como antes, despertava um sofrimento excessivo, trazia à tona o tamanho da tristeza por terem sido separados. Ficar perto dele destruía, de uma só vez, todo o seu trabalho de bravura. Isso queria dizer deitar no chão e morrer. Morrer daquela injustiça, morrer daquele menino que havia mudado tudo.

Então ela falava cada vez menos com o irmão mais velho.

Mas dava um jeito, contudo, de cruzar com ele. Na saída do banheiro, com os cabelos ainda molhados, pela janela do ônibus escolar que o levava para o colégio (ela adorava examinar em detalhe o perfil dele, olhando direto para a frente, sentado nos primeiros assentos do ônibus), enquanto ela esperava o que ia para a sua escola. Às vezes topava com os óculos dele esquecidos na ponta da mesa. Surpreendeu-o por trás, metido lá no pomar, sem saber por que ele estava ali. Ela supunha o motivo, ele provavelmente estava às voltas com uma lembrança do menino, ele devia ter carregado o cestinho e passado algum tempo com ele naquele pomar. Um tempo sem ela, que não lhe pertencia.

Ela aceitou. Aceitar era menos dolorido do que se sentir excluída. Preferia ter um irmão mais velho dissolvido na dor do que feliz sem ela. Um irmão mais velho que não ria mais, mas não se afastava. Talvez ela o tivesse perdido, mas pelo menos havia recuperado o seu fantasma.

Os meses passaram nesse status quo obtido sem lágrimas. Os pais iam buscar o menino durante as férias. Quando ele voltava, ela não se aproximava. Estava ocupada. Passava o tempo todo na casa da avó ou com as amigas, de quem ela escondia a existência do menino. No que dependia dela, ela só tinha um irmão mais velho e, se não convidava ninguém para ir na sua casa, era porque ela estava em reforma.

Na escola, a do meio não trabalhava muito. Os professores reclamavam da sua agitação. Diziam que estavam preocupados. Com menos de quinze anos, diziam eles, ninguém pode abrigar tanta raiva assim. Ela interpelou o professor de francês, que os fizera comentar uma frase de Nietzsche que ela considerava detestável: "Aquilo que não nos mata nos torna mais fortes". Explicou ao professor, que estava estupefato:

— Isso não é verdade. Aquilo que não nos mata nos torna mais fracos. É bem uma frase de alguém que não entendeu nada da vida, que culpabiliza e, justamente por isso, fica embelezando a dor.

Isso era dito com muita virulência, como uma declaração de guerra, com tanta agressividade que seus pais tiveram que ser chamados. Ressoava nela, cada vez mais alto, um chamado à vingança. Algo lhe dizia que, se era para viver entre as ruínas, melhor seria produzi-las. Quando ela voltou do cabeleireiro com metade da cabeça raspada, a avó foi a única a achar aquele corte original. Os pais lançaram sobre ela um olhar extenuado. Seu irmão mais velho nem percebeu.

Ela não estava nem aí para o pátio, para o muro, para nós. Atravessava este espaço sem se deter. Passava com seu andar confiante e nervoso. Se tivesse prestado atenção em nós, teria sido para nos arrancar e atirar em alguém. Conhecemos bem esse vento mau que eletriza os corpos. Nós vimos violência, e muita, neste pátio. Era isso que emanava dela, da nossa querida irmãzinha do meio: a sede de algo irreparável, de um não retorno. Tudo o que ela queria era destruição e gritos sem resposta. A partir do mês de junho, ela ia se meter nos bailes do vilarejo, com seus olhos carregados de maquiagem preta, pronta para arranjar encrenca. Eram festinhas organizadas nas praças, ao lado das quadras de tênis, da associação cultural para jovens ou do estacionamento dos motor homes, onde o terreno é suficientemente plano e largo para se instalarem equipamentos de som, um palco e um quiosque. A do meio bebia sangria em copos de plástico, bastante, e falava alto. As lanternas de papel atiçavam desejos de incêndio. Ela se encontrava com os amigos, ficava de olho nos grupos vindos de um outro vale, que chegavam nas suas mobiletes. Nesses bailes, antes de se saber o nome de alguém, perguntava-se: "De onde você é?", ao que se respondia: "Sou de Valbonne", "Sou de Montdardier", e a do meio sempre admirava essas certezas. Por mais que ela viesse de um povoado específico, situado num vale específico, ela não teria sabido responder. Sentia-se desenraizada. Então não respondia às perguntas. Provocava, agia de forma mesquinha. Ficava procurando confusão. E encontrou, uma vez, atrás dos equipamentos de som, que abafaram seus gritos. Um garoto bêbado, fora de controle, a derrubou no chão. Sentiu um gosto de areia e cascalho, que associou à voz de Cyndi Lauper, cuja música *I drove all night* agitava a pista naquele momento. Perdeu um dente. Cambaleou atrás do palco, que tremia sob o som dos alto-falantes, se afastou do baile cobrindo a boca com a mão. O pai foi buscá-la de carro. Ele sempre ia buscá-la. Com frequência a encontrava vomitando, com os olhos escorridos de lágrimas escuras. Daquela vez ele lhe entregou um pacote de lenços de papel sem dizer uma palavra. Dirigiu com os maxilares apertados.

Ela começou o ensino médio. Arranjou briga no colégio também, primeiro no refeitório e depois no intervalo. Quando um professor a repreendeu em aula, ela derrubou sua mesa. Foi expulsa. Os pais não conseguiram encontrar nenhum estabelecimento que a recebesse com o ano letivo em andamento. O único que aceitou era caro e distante. Matricularam-na. Era preciso sair de casa bem cedo, na mesma hora que a mãe partia para o trabalho. Na parte de trás do carro, acima do assento adaptado para o menino, tinham pendurado um móbile com um urso sorridente segurando dois molhos de guizos. Eles tilintavam a cada curva. A do meio odiava aquele barulho.

Uma manhã, o menino, excepcionalmente, estava ali. Ele estava com febre, não podia contaminar as outras crianças da casa na pradaria. Os pais cuidaram dele em casa até a febre baixar. A mãe tirou alguns dias de folga. Ela o pôs junto no carro na hora de levar a do meio até o colégio. Esta se acomodou no banco da frente, evitando olhar para o menino. Ouviu ele suspirar de satisfação quando a mãe ligou o rádio e a música tomou conta do ambiente.

Na estrada, ele começou a choramingar. Sua jaqueta acolchoada o deixava muito apertado no assento. A mãe parou no acostamento, soltou o cinto de segurança, saiu para abrir a porta de trás. O grande céu do amanhecer, o cheiro de orvalho, de asfalto úmido e o pipio dos pássaros invadiram o interior do carro. O perfil ainda escuro dos cumes se destacava no céu rosado. Mas a do meio preferia a noite. Escutou a mãe falando baixinho, desatando as tiras. Era preciso afrouxá-las. Para isso, a mãe tirou o menino do assento, mas não soube onde colocá-lo. O menino era pesado, ele escorregava, sustentado por uma mão debaixo das nádegas, enquanto, com a outra mão, a mãe fuçava nas tiras. A do meio não se ofereceu para ajudar. Continuou teimosamente sentada, com os olhos bem fixos para a frente, voltados para os cimos, que estavam aureolados de vapores arroxeados. A mãe acabou tendo que dar a volta no carro, abrir a porta oposta, colocar o menino no banco e voltar para ajustar o assento. Não pediu nada à filha. Quando voltou a sentar ao volante, sua testa pingava de suor. Aumentou o volume do rádio.

A do meio descobriu uma academia de boxe savate. Para chegar até lá era preciso ir margeando a estrada departamental de bicicleta, era perigoso, era muito bom. Sua avó, sempre tão solícita, comprou os equipamentos para ela. Com o rosto metido debaixo do capacete, os shorts brilhantes cobrindo as coxas, ela lhe fazia demonstrações na varanda, enumerando os frontais baixos, as paradas, as cabriolas, as rasteiras (deixou em pedaços, acidentalmente, uma vasilha de papinha destinada ao menino). Ela forçava a voz para encobrir o barulho da torrente. Continuava até ficar esgotada. A avó, sentada na sua cadeira de vime, aplaudia como se estivesse na ópera.

Pelo menos uma vez por semana elas sentavam juntas em frente à lareira para folhear um livro sobre Portugal. Era a única viagem que a avó tinha feito em toda a sua vida. Sua lua de mel. Ela contava e recontava essa história para a neta e sempre acabava indo buscar um velho álbum de fotografias que começava com um mapa do país. Indicava com sua unha pintada a ponta mais ao sul:

— Carrapateira — murmurava ela.

Era ali, naquele vilarejo branco preso ao continente pelas costas, de frente para o Atlântico, que o ônibus tinha quebrado. Ela contava do rugido do oceano, um vento tão brutal que as árvores cresciam deitadas, afundando seus troncos no chão em sinal de submissão, e das casas baixas, dos polvos pregados nas paredes para secar. Trouxera de lá as receitas dos doces que preparava havia cinquenta anos, como aqueles waffles de laranja que a do meio amava. Ela adorava aquela palavra, Carrapateira, que soava bem melhor do que Rifamicina. Sonhava em fazer uma tatuagem com aquele nome.

Uma tarde, enquanto Marthe, Rose e Jeanine tomavam chá, a do meio foi tomada por uma certeza: aquelas mulheres estavam plenas de paz. Teve a impressão de estar descobrindo um segredo. Foi quase uma surpresa, como nas vezes em que, com o seu irmão mais velho, no tempo em que tudo ia bem, eles se deparavam com os lagostins que estavam procurando havia muito tempo — aquela pequena massa escura, indistinta, que avançava entre os seixos, no fundo da água, causava neles um intenso arrepio de admiração. A avó servia chá para as suas amigas de frases fragmentadas, de pálpebras azuis, que não se espantavam nem um pouquinho com a presença de uma adolescente com metade da cabeça raspada e olhos de carvão. A do meio percebeu sua diferença em relação àquelas senhorinhas. Ela tinha perdido aquela mescla de delicadeza e aceitação. Habitava um mundo do vegetal e do vegetativo, os dois se confundiam, um mundo de árvores e de um menino deitado. Seu presente se reduzia a isso. De repente, sentiu-se muito mais velha do que a sua avó. Levantou de supetão, sob o olhar mal e mal surpreso das senhorinhas. Ajeitou os fones de ouvido do walkman, pôs o volume no máximo e saiu para dar chutes na montanha ao ritmo de *I drove all night*, de Cyndi Lauper.

Nos fins de semana, ela acordava bem cedo, acostumada que estava às saídas matinais com a mãe. O piso estava frio. Passava pelo quarto vazio do menino, depois pelo quarto cheio do mais velho. Vestia um colete comprido e saía. Um véu fresco tocava o seu rosto. A terra fumegava, exalando vapores brancos e estagnados. A do meio tinha a impressão de que a sua memória havia tomado a forma daquela terra, exsudando pedaços de lembranças como aquele nevoeiro, incapazes de se elevar. Só o barulho da torrente indicava o despertar, a eterna marcha de quem corre para baixo. À sua frente, a montanha preparava sua subida, com sua base atarraxada na beira da estrada, o dorso arqueado para cima. De pé sobre a ponte, com os braços cruzados sobre o blusão, a do meio inspirava o ar. Ela avaliava o sofrimento de não ter mais o irmão mais velho perto dela, que teria gostado tanto de compartilhar aquelas manhãs. Ficava se perguntando como fazer o luto de uma pessoa viva. Sentia aumentar a sua raiva em relação ao menino, que tinha arruinado tudo. Havia também uma pontinha de compaixão matizada de mal-estar, a imagem da sua boca entreaberta, seu hálito, seus gemidos de desconforto ou de beatitude. E logo vinha o desalento que esmagava tudo, apagava as perguntas. De pé sobre a ponte, a do meio enxugava os cantos dos olhos.

— **Por que as suas amigas,** Marthe, Rose e Jeanine, não me julgam?

— Porque elas são tristes. E quando somos tristes, não julgamos.
— Nada a ver. Eu conheço um monte de gente triste que é má.
— Então são pessoas infelizes, não tristes.
— ...
— Pega mais um waffle de laranja.

Aconteceu com a avó o que acontece com os idosos. Ela levou um tombo na cozinha um dia, na hora do café da manhã, vestida com seu quimono leve, em meio às fragrâncias de castanha e baunilha. Foi encontrada só no final da manhã. Marthe, Rose ou Jeanine, uma das três tinha dado uma passadinha por lá. Pela vidraça da porta de entrada, a amiga tinha visto a mão de unhas vermelhas no chão, sobre uma camada de pó branco, rodeada por pedaços de porcelana de um açucareiro quebrado.

Os bombeiros desistiram rápido. Estava tudo acabado fazia algumas horas, eles comunicaram aos pais.

Foi o fim do mundo para a do meio. O equivalente à partida do menino para o seu irmão mais velho.

Foi a mãe quem lhe deu a notícia, temendo sua reação, na estrada, enquanto voltavam do colégio, à noite, com as mãos apertando o volante, o olhar sempre para a frente:

— Sua avó morreu hoje de manhã.

A do meio respondeu aquilo que o seu coração mandava.

— Não — ela disse.

Sua mãe, estupefata, achou que não tivesse entendido direito.

— Não o quê?
— Não.

Um desabamento pode, às vezes, assumir a forma contrária daquilo que ele encobre. O desespero se transmuta em dureza. Foi o que aconteceu. O ímpeto briguento, a impulsividade, a raiva borbulhante, todas aquelas correntezas que davam murros na sua porta desapareceram instantaneamente, dando lugar a um deserto frio. Seu coração se cobriu com uma película de gelo. Essa intransigência lhe veio de forma instintiva. A do meio se tornou um bloco de pedra. Seu coração fora arrancado, ela não tinha mais nenhum, para ela estava tudo acabado.

Seu jeito de andar mudou. Nós percebemos isso imediatamente. Um jeito de andar que já não era apressado nem impaciente, mas marcial. Ela andava com disciplina, o pé estável, o joelho mais rígido, um olhar firme. Abria a porta medieval com uma lentidão precisa. Até o gesto de colocar os cabelos para trás tinha perdido a sua impaciência, a mão parecia obedecer um plano rigoroso, agarrar a mecha, ajeitá-la atrás da orelha. Havia decisão nos seus gestos, algo que tinha se desviado da dúvida e das emoções.

Sua metamorfose foi confirmada na noite em que o pai, pela primeira vez, perdeu as estribeiras. Parece que o excesso de emoções contribui para que a paciência se desgaste. Desde o nascimento do menino, o pai era o alicerce da família. Mais de uma vez, nós o vimos contemplando o filho em silêncio, depois indo buscar uma touca para ele. Mas, na maior parte do tempo, ele brincava, se mostrava positivo. Numa noite de Natal, ficara um bom tempo observando o único pacote destinado ao menino, antes de concluir:

— Bom, a vantagem é que não tem nada mais econômico do que uma criança deficiente.

Sua esposa deu uma boa risada.

Só a do meio reparara que o pai preferia o machado à motosserra quando era preciso cortar lenha. Ela o surpreendera diante do depósito de lenha, encharcado de suor, num estremecimento de fúria que ela soube reconhecer. Ele erguia os braços bem alto antes de descer o machado, colocando nele todo o seu peso, com um rosnado terrível que era uma mistura de soluço e choro, algo que ela, de todo modo, nunca tinha ouvido dele. A madeira explodia em pedaços, que riscavam o ar como lâminas. Seu pai tinha o corpo nervoso dos homens das Cevenas, mas, naquele momento, ele fazia ela pensar numa criatura enorme e musculosa. Arrancava o machado cravado na madeira, levantava de novo até ficar na vertical, com os pulsos tremendo.

Ela também o observara numa batalha contra as colinas de espinheiros, à beira da torrente. Ali também ele tinha deixado de lado a roçadeira elétrica para se armar com tesouras, que ele abria e fechava numa velocidade assustadora, como se estivesse querendo punir a natureza. Mantinha o olhar fixo e os maxilares cerrados, como quando ia buscá-la de carro nos bailes.

À noite, ele voltava a ser engraçado e regalava a família com tortas de cebola e ensopados de javali.

— Nesta região é preciso ter recursos — ele dizia, antes de engatar a contar as últimas notícias da renovação da cooperativa ou de uma antiga usina de tecelagem transformada em museu.

Sempre brotava uma vaga inquietação no interior da do meio, a sensação desagradável de um perigo que lhe dava vontade de atirar o prato contra a parede.

Não se surpreendeu quando, naquela noite, irritado com um viajante que insistia em deixar seu trailer perto do velho moinho, ele agarrou o homem pelo pescoço e o empurrou até a estrada, com o mesmo rugido de bicho furioso que fazia quando estava cortando lenha. Para a do meio, esse ato violento marcou o início da mobilização. Ela avaliou a situação. Diante da explosão do pai deles, o irmão mais velho mal e mal franziu a sobrancelha. A mãe não deu um pio, arrasada pela morte da própria mãe. Desde aquele dia, aliás, ela não falava mais, reparou a do meio. Enquanto o viajante se afastava mancando, garantindo que ia ter volta, ela avaliou a extensão do desastre. Viu-se dizendo para o menino, bem pertinho da sua bochecha pálida:

— Você é o desastre.

E afastou esse pensamento.

Não havia nenhuma necessidade de acrescentar caos ao caos. O momento não era mais para tristeza, mas sim de resgatar uma família em perigo. Seu pai estava ficando violento, sua mãe, muda, e seu irmão mais velho já era um fantasma. Era o momento de lutar. Uma força emergiu dentro dela, de uma frieza cortante. Era a força dos estados de emergência, que ela conhecia por já ter vivido as investidas do céu nas montanhas, arrancando as árvores, virando os carros, levando vidas. O que se fazia nesses casos? Içavam-se as árvores, erguiam-se todas as barragens para que a água escoasse, até mesmo erguiam-se contrafortes. Na sua família, a do meio construiria contrafortes.

Para isso, era preciso definir uma estratégia. Ela comprou um caderninho para listar as perguntas e encontrar soluções. Pergunta um: o mais velho se sentia melhor em contato com o menino? Ela sugeriu então que o mais novo fosse trazido da casa na pradaria com mais frequência. Anotou no caderninho as datas exatas do retorno dele, encheu a geladeira com o que precisava, aqueceu o quarto, preparou potes de iogurte para o caso de faltar papinha. Não era por afeição ao menino, mas para que o mais velho ficasse melhor. Ela estava agindo de acordo com um plano militar de recuperação da família. A eficiência vinha em primeiro lugar. Pergunta dois: o mais velho estava se isolando demais? A do meio ficava sempre de olho, reparava nos seus momentos de solidão e, quando a duração ultrapassava um limite crítico que ela havia estabelecido, ia procurá-lo com uma desculpa perfeita: entender um problema de matemática, sem jamais lhe contar que já sabia a resposta. Pergunta três: ele não estava mais exercendo seu papel de mais velho? Pouco importava a ordem estabelecida das coisas, fazia um bocado de tempo que tudo já estava em pedaços. Ela protegeria o seu irmão mais velho, inverteria os papéis. Pergunta quatro: seus pais ficariam tranquilos de saber que ela era uma boa aluna, isso representaria uma preocupação a menos? Ela pôs mãos à obra. Sua missão: esmagar seus colegas para ser a primeira da turma. Não tinha nenhum prazer com isso, exceto o de poder aliviar seus pais e riscar um problema da sua lista. Ela agia clinicamente, como um soldado em batalha. Nós a observávamos, no pátio interno, puxar a cadeira com um gesto firme, apoiar o caderninho como se estivesse dando um tapa na mesa do jardim e tomar nota, apertando a caneta no papel, dos avanços da guerra. Ela estava se adaptando, diante dos nossos olhos, como tinha sido com seu irmão, seus pais e tantas outras pessoas antes deles, ganhando cada vez mais a nossa admiração. Alguém um dia falará da agilidade que os maltratados pela vida desenvolvem, do seu talento para encontrar sempre um novo equilíbrio? Alguém falará desses funâmbulos que são os postos à prova?

Ela se livrou do supérfluo para liderar o combate. A maquiagem voltou para o estojo, o cabeleireiro ficou para trás. Se era preciso manter o rumo para tranquilizar sua família, ela manteria o rumo. Era uma ordem. Ela aprendeu a indiferença enquanto se consumia em lágrimas, bancando a despreocupada à mesa, permanecendo surda no pátio do colégio. Estabeleceu para si uma disciplina de ferro. Milimetrou sua agenda e seus horários. Fez as compras, preparou a comida, estendeu a roupa perto do moinho. Poupar sua mãe dessas tarefas significava dez minutos ou uma hora ganhos, um tempo que serviria para conversar com ela, para que ela reaprendesse a falar. A do meio anotava assuntos para discussão no seu caderninho e os memorizava, para poder abordá-los com a mãe ou à mesa. Para isso, ela lia o jornal e registrava as notícias locais para falar sobre elas à noite. Depois ela observava e anotava se sua família havia reagido. Vinhas devoradas por um parasita, acordos de Schengen, turnê de Bruce Springsteen na região, episódio da série *Les Cordier, juiz e policial*, que seu pai acompanhava, provável onda de calor em junho, construção de um centro de informações turísticas na saída do burgo... Ela registrava, enfim, os assuntos que provocavam alguma surpresa na mãe, um comentário do pai, um aborrecimento do irmão mais velho. Não teve mais segredos com as amigas, voltou direto para casa à noite, recusou os convites.

Nos primeiros momentos, os amigos se rebelaram. Motos barulhentas circularam em volta dela em frente ao portão do colégio. Sua mochila foi roubada. O caso foi resolvido olho no olho, e as aulas de boxe savate foram bem úteis. Sua adversária saiu com o nariz quebrado. Os pais multiplicaram as visitas e as tratativas para indenizar a família da garota ferida.

Depois disso, a do meio teve paz. Foi ficando sozinha, ela que era tão sociável. Sozinha com uma missão, evitar o naufrágio da sua família. Se, naquela época, alguém tivesse lhe dito o contrário, que um belo amor a esperava, que ele a faria baixar a guarda e amar a vida, ela teria caído na gargalhada. E, no entanto, seria isso que viria a ocorrer. A do meio encontraria alguém que iria lhe ensinar a confiança, mas naquele momento ela ainda não sabia nada sobre milagres.

Às vezes ela pegava o ioiô da sua avó, mas logo o guardava. Nenhuma fraqueza era tolerada. Nunca voltou a entrar na casa dela, recusou o quimono leve que lhe ofereceram para guardar depois do funeral. Esqueceu o sabor dos waffles de laranja. Não foi mais para a academia de boxe savate nem voltou a abrir as revistas que a avó tinha assinado para ela. Tornou-se um ser que nunca havia lido nem compartilhado nada, sem memória nem laços, que havia trocado o futuro por um objetivo. Ela olhava para a frente, uma capitã com os punhos cerrados. Era preciso resistir sem esperar.

Os meses passaram. Ela tinha se transformado num monstro de desempenho, agindo rápido, poupando as palavras, insensível aos estados de espírito. Perdeu suas últimas amigas, não guardou nenhum ressentimento. Bonita, ignorou os olhares de desejo, desprezou os grupos, manteve uma distância fria de qualquer um que se aproximasse. Era tudo questão de cálculo: se o mais velho tinha sorrido mais de duas vezes num mesmo dia, quanto tempo fazia que seu pai não cortava lenha como um alucinado, as palavras que sua mãe tinha dito naquela semana, os olhares que eram trocados à mesa, se o tema das eleições cantonais tinha provocado alguma reação, qual seria sua média no final do trimestre. Ela fazia a contabilidade da retomada. O mundo se tornara um balanço quantitativo que ela anotava no caderninho. Na página da esquerda, a lista dos problemas gradualmente riscados; na página da direita, os assuntos para discussão previstos para o dia seguinte. Ela pegava no sono com o caderninho aberto apoiado no travesseiro.

Ao mesmo tempo, o mais velho fazia o movimento contrário. Estava ficando mais acessível, se abrindo um pouco mais. Quando o menino retornava para casa no período de férias, o mais velho voltava a ser carinhoso com ele, a se aproximar dele. Até cortou o cabelo dele. A do meio experimentou a satisfação do objetivo alcançado — já que não havia mais esperança, apenas objetivos. O mais velho havia relaxado, ganhado firmeza, era capaz de sorrir, e pouco importava que fosse para o menino. Elogiou-a pelos cabelos de novo compridos, pelo rosto sem maquiagem. Ela pensou no item que poderia riscar no seu caderninho, suspirou de alegria.

Aproveitou a oportunidade para abrir mais a brecha. Conseguiu levá-lo ao cinema. Sem dizer nada, evitou que sentassem nos mesmos lugares que sentava quando ia com sua avó (sempre perto do corredor, porque "se precisar ir embora, é mais prático", ela dizia). Conversaram um pouco sobre as amoras que, naquele ano, estavam enormes, sobre o frentista que fugiu com a cabeleireira do vilarejo, remexeram algumas lembranças da escola. Ainda era algo tímido.

O filme era fraco e mal dublado. Não fazia nenhuma diferença. Na penumbra iluminada com reflexos coloridos e em movimento, ela de repente entendeu que seu irmão mais velho não se recuperaria do menino. Recuperar-se significava renunciar à sua dor, e dor era o que o menino havia plantado nele. Era a marca dele. Recuperar-se significava perder a marca, perder o menino para sempre. Agora ela sabia que um laço pode assumir diferentes formas. A guerra é um laço. A tristeza também.

Uma noite, pediu para o mais velho ir buscá-la no colégio de mobilete. Era uma noite avermelhada e aborrecida de outono. Alguns dias antes, uma tempestade terrível, trazida por um vento furioso, cuja violência a avó certamente teria sabido antecipar, tinha caído sobre as Cevenas. A água subira vários metros, arrastando as árvores, os carros, e deixando duas pessoas desaparecidas. As ondas destruíram a área do camping, construída numa encosta, arrastaram as passarelas, os depósitos de madeira, as estufas, as plantações de cebola. No vilarejo, os estabelecimentos que ficavam nas margens do rio tiveram as vitrines arrancadas pela água. A farmacêutica contou das seringas que ficaram flutuando, o açougueiro não tinha mais uma única máquina em funcionamento. E de novo, diziam os comerciantes, quando a água começou a avançar sobre as suas lojas, eles conseguiram correr até a escada que levava para os seus aposentos ou até a porta dos fundos.

O resultado a do meio e o mais velho verificaram à noite. As árvores estavam caídas, os galhos cobertos de lama. Havia algo de obsceno naquelas raízes expostas. O leito do rio tinha se alargado em vários metros, como se duas mãos vindas do céu tivessem decidido afastar e achatar as margens. Nas beiradas, nem mais troncos nem pedras, mas largas extensões de areia. Sentada no bagageiro, ela tinha a impressão de estarem cortando uma massa movediça que cheirava a terra molhada e ressoava ruídos estranhos, gritos de animais pré-históricos, um farfalhar de sombras, um murmúrio de floresta virgem. A do meio cuidava para não apertar a cintura do mais velho. Ele dirigia com cuidado. Eles não estavam conversando. Ela se perguntou se o tinha perdido para sempre. Mas quem decidia isso? Ela aceitaria o que restava. A perda era agora uma amiga próxima. Passaram diante de uma ponte demolida pela tempestade. Uma parte do parapeito tinha sido arrancada, formando um arco de vazio. Dava para dizer que um ogro tinha comido um pedaço da ponte, deixando o desenho curvo da sua mordida. Foi ali, logo depois daquela ponte quebrada, que brotou nela a certeza de que iria partir.

Quando o menino voltou, nas férias seguintes, ele estava ainda maior. Sua posição deitada tinha gerado uma hipertrofia do palato, de modo que os seus dentes cresciam atravessados e as gengivas estavam inchadas. Dessa vez, sua deficiência saltava claramente aos olhos. Mas, para sua grande surpresa, a do meio não teve nenhum nojo.

Passou o verão se esquivando dele, como sempre, mas observou seu irmão mais velho reatar com ele. Não sentia nem medo nem inveja. Ela já não tentava se impor como antigamente. À noite, os assuntos para discussão funcionavam, o mais velho comentava uma notícia ou indagava o pai sobre a colheita de cebola. Ela o esquadrinhava. A semelhança a assombrou novamente. O mais velho era o menino tornado adulto.

Regressando de uma breve viagem, ele tinha aparecido na sala uma manhã, em meio ao cheiro do café, largado a mochila no chão, subido as escadas para encontrar o menino. Havia se fechado no quarto, ela era capaz de enxergar seu corpo inclinado sobre a cama de volutas, a expectativa. Desde então, o mais velho parecia feliz. Um item para riscar no caderninho. Ele dava banho de novo no menino e o colocava perto do rio, debaixo do abeto. A do meio os acompanhava de longe. Agia como um general no controle de um território: sobre qual toalha o mais velho estava cochilando, quantas vezes ele levantava a cabeça para acariciar a bochecha do menino deitado, se ele tinha lembrado da garrafa de água e verificado que nenhum ninho de vespas estava alojado no tronco do abeto. Estava tudo em ordem. Seu irmão parecia bem. Ela abriu seu caderninho. Riscou um item. Tinha quase cumprido sua missão, que sua família se recompusesse. Também lhe ocorreu que ela tinha atingido um tal nível de dureza que as suas emoções nunca mais seriam demonstradas.

Esse temor foi desmentido no funeral.

Enquanto subia a montanha rumo ao túmulo, escoltada por uma pequena multidão silenciosa, ela foi se sentindo progressivamente entorpecida. Frio, frio. Algo que recobria o seu corpo e paralisava os seus membros, bloqueava o seu peito. Lembrou que o irmão mais velho sempre cobria o menino. Agora era a vez dela. Ela estava se tornando, como o menino, uma vítima do frio. Estava entrando em pânico. Mexia os dedos, batia o pé no chão para fazer o sangue circular. Era uma mordida lenta, bem diferente do choque gelado de quando ela saltava na torrente. Quase queimava.

Disfarçando seu desconforto, ela caminhava com os olhos fixos nas pedras. Nós gostaríamos de ter lhe oferecido algum consolo, mas quem é que nos escuta? Ninguém conhece esse paradoxo, de que as pedras tornam os homens menos duros. Então nós os ajudamos fazendo o melhor que podemos, nós lhes servimos como abrigo, como assento, como projéteis ou como caminhos. Nós escoltamos essa garota de olhar baixo. Ela andava rápido, aos trancos, tremendo. Sob seus pés, o cascalho estalava como areia.

Chegada na clareira, naquele cenário majestoso de conto de fadas, primeiro ela viu os galhos dos carvalhos, compridos e curvos a ponto de roçarem na relva; as pernas dos seus pais, que de tão próximas dava para dizer que vinham do mesmo corpo; depois as grades baixas e pontiagudas do minúsculo cemitério. Parecia que aquelas grades tinham destruído alguma coisa. Os anos caíram sobre ela. Tudo veio à tona, a alegria do seu nascimento, as bochechas aveludadas, a vergonha, tanto a de ter fugido dele quanto a de tê-lo soltado no dia em que tentara carregá-lo, o corpo tão frágil no banho, as almofadas no pátio, a respiração do seu irmãozinho — e, pela primeira vez, ela pensou nesses termos, *meu irmãozinho*. Como sua avó teria ficado contente em vê-la chamando-o desse jeito. A emoção lhe tirou o fôlego. Ela distinguiu o arrulho do rio, mais abaixo, e, pela primeira vez, aquele murmúrio não comunicava a indiferença, mas a permissão. Ele dizia: você pode deixar pra lá. Ela desmoronou. Um grande silêncio de estupefação se fez. Até os agentes funerários ficaram estáticos. Seu irmão mais velho foi o primeiro a se aproximar, espantado com aquela sua tristeza — ela que, no entanto, tinha decidido não sentir nenhuma. Nós o vemos indo na direção dela; a segura pelos ombros, repete o nome dela. Tenta endireitá-la, não consegue, a segura curvada contra o seu peito. Ela não passa de um dorso que balança. Ela articula:

— Foi preciso que ele morresse pra gente se reencontrar.

Então o mais velho mexe a mão e a aperta contra a sua testa, sorri apesar das lágrimas que começam a dominá-lo, apoia o queixo na cabeça dela e sussurra baixinho:

— Não mesmo, olha só: mesmo morto, ele nos une.

3

O ÚLTIMO

Os pais o anunciaram por telefone.
— Estamos esperando outro filho.
Fizeram o anúncio com medo, escolhendo as palavras. Não adiantou. O mais velho morava na cidade, às voltas com o seu curso de economia. A do meio estava estudando em Lisboa.

De fato, distantes de casa, eles não flagraram a mãe acordada em plena madrugada, no sofá, com as pernas encolhidas perto da barriga redonda. Não tiveram a menor ideia dos pesadelos dela com um parto catastrófico. Não a viram se embrenhar na montanha, no silêncio lanoso da noite, com os olhos no vazio e os pés afastados para não cair. Não ficaram sabendo que ela apertou a mão do pai deles com muita força quando tiveram que sentar diante do professor que os tinha acompanhado com o filho morto. Era o mesmo hospital, com o piso emborrachado cinza, e a mesma pergunta de anos antes: o filho deles ia ser normal? Dentro deles palpitava a grande expectativa dos pais machucados, unidos numa mesma angústia, a de arruinar a vida que, no entanto, eles desejam gerar.

O professor anunciou, com as ecografias diante dos olhos, que estava tudo bem. "Está tudo bem": ninguém pronunciava essa frase há anos, de modo que os pais ficaram achando que tinham escutado errado, não se atreveram a entender direito, pediram que ele repetisse. O professor sorriu. Foi, definitivamente, uma infeliz coincidência o que ocorrera com eles, e era uma grande sorte a mãe ter podido engravidar de novo já tendo passado dos quarenta. Azar, felicidade, um equilíbrio, enfim, disse o professor, acompanhando-os até a porta. Ele parecia emocionado. Especificou direitinho para a mãe os exames aos quais ela precisaria se submeter, seria uma gravidez monitorada de perto, mas agora os avanços da tecnologia de imagem médica revelariam qualquer malformação, em dez anos aquela área tinha evoluído consideravelmente. Então ele limpou a garganta e disse aos pais que, no momento da tomografia do terceiro filho deles, ele havia escondido uma verdade:

— Uma criança diferente é uma provação bastante complicada. A maioria dos casais acaba se separando.

E agora, ali estava ele. Era um menino.

Era o último.

Estava chegando depois dos dramas. Por conta disso, não tinha o direito de criar nenhum.

Ele foi exemplar. Chorou pouco, se adaptou ao desconforto, à separação, às tempestades, nunca se queixou de qualquer esforço. Consolou seus pais. Foi o filho perfeito, a fim de compensar o anterior.

Toda a sua infância foi marcada por uma tensão dolorida em torno do seu crescimento. Às vezes a mãe lhe perguntava se ele conseguia ver direito a laranja, ali no cesto de frutas, no fundo da cozinha.

— Sim, é claro que estou vendo a laranja — ele respondia.

Então a mãe dava um sorriso que parecia vir de muito tempo atrás, aberto por tantas dores passadas, e ele ficava descrevendo os detalhes da laranja para que ela continuasse a sorrir. Parece macia, ele dizia, sua cor é escura, não é completamente redonda, está equilibrada em cima das maçãs, dá a impressão até que ela vai cair, mas ela segue ali. A mãe acabava dando uma risada.

Ele cresceu entre suspiros de alívio. As paredes estavam cobertas de fotos que mostravam seus primeiros passos, suas primeiras palavras, seus primeiros gestos, e essas marcas serviam para apaziguar, eram chamados à tranquilidade. Ele estava bem, a prova era que ele andava, falava, enxergava. Tudo isso tinha sido fotografado. Era a prova.

O último não avançava sozinho. Ele sabia disso. Nascera sob a sombra de um defunto. Essa sombra rodeava sua vida. Ele teria que lidar com isso. Não se rebelou contra essa dualidade forçada, pelo contrário, a integrou à sua vida. Assim, um menino deficiente nascera antes dele e vivera até os dez anos de idade. Os ausentes também faziam parte da família.

Com frequência, movido por um instinto antiquado, ele despertava durante a madrugada. (Nessa família, ninguém mais conseguia dormir direito. O sono era o molde das dores, ele carregava a forma delas.) O último se levantava, constatava que tinha pressentido certo. Se deparava com o pai, que estava lendo diante da estufa apagada. Ou então com a mãe sentada no sofá, seus olhos vazios, olhando para o nada, vagando pelos objetos. Então ele sentava ao lado deles para conversar baixinho sobre qualquer coisa. Oferecia um chá de folhas de amora, contava algo sobre a escola, sobre o acidente do caminhão da cooperativa. Ele os protegia como alguém que senta perto de uma criança doente. Sentia que não devia ser esse o seu papel, mas sentia também que o destino gosta de bagunçar os papéis e que era preciso se adaptar. Isso não exigia nem reflexão, nem revolta. As coisas tinham acontecido desse jeito. Havia nele uma bondade profunda. Naquele sorriso que nascia de um raio de sol e que parecia quase dirigido a nós, muitos teriam visto ingenuidade — quem é que sorri para as pedras? Mas nós tínhamos reconhecido nisso uma nobreza, a da delicadeza, que pressupõe a coragem de se abrir, com a certeza, ó quão preciosa, de que um julgamento desagradável não vai abalar esse ímpeto. A força da sua delicadeza o tornava autônomo, impermeável à estupidez, seguro dos seus instintos. Armado desse jeito, o último tinha espontaneamente aceitado a estranha família onde nascera, uma família machucada mas corajosa, que ele amava mais do que tudo. É por isso que ele se preocupava, em primeiro lugar, com os pais.

O vínculo entre eles era tranquilo e forte. Juntos, os três formavam um casulo, iam tecendo os dias em forma de cicatriz. Sobre os ombros dele, pesava o renascimento.

Era, ao mesmo tempo, pesado e gratificante, mas era o lugar que lhe tinha sido dado.

Às vezes o pai bagunçava os seus cabelos com uma ternura alarmada, uma rispidez que revelava um temor, o de vê-lo partir, como se fosse preciso retê-lo, ele, o último, porque antes dele tinha havido o sofrimento e depois dele não haveria nada. Ele se mantinha num entremeio. Era, ao mesmo tempo, um recomeço e uma continuidade, uma fratura e uma promessa. Seus cabelos eram menos espessos que os do menino. Seus olhos eram menos escuros, seus cílios menos longos. Ele se sentia "menos", não importava o que fizesse, embora fosse o menino que tivesse sido diminuído. O último pensava nisso sem ressentimento, porque sentia uma verdadeira benevolência, uma curiosidade em relação ao menino falecido. Ele teria dado muito para tê-lo conhecido. E também havia uma outra coisa. Os momentos que o último compartilhava com os pais pertenciam a ele. Tinham nascido com ele. Eram desprovidos de qualquer memória, não carregavam a marca de um pequeno fantasma. O último não se sentia usurpado.

Seu pai o levava para debaixo do alpendre. Eles cortavam lenha. O barulho da motosserra parecia rasgar o ar. Ele adorava ficar observando a lâmina roçar a madeira e depois afundar nela como se fosse na manteiga. A queda dos pedaços produzia um barulho abafado. Ele se abaixava, puxava o toco de lenha para junto de si enquanto o pai pegava o próximo tronco para colocá-lo sobre os cavaletes de ferro, com pernas que formavam triângulos e lembravam mandíbulas. Depois ele empurrava o carrinho de mão até o depósito de lenha, passava pela porta carcomida e descarregava a madeira para que secasse, devaneando sobre as etiquetas que indicavam o ano do corte, 1990, 1991, 1992, tantos anos sem ele.

 Com frequência ele e o pai metiam um gorro na cabeça, depois um par de luvas, e saíam para fazer reparos. Era a grande paixão deles: firmar, aperfeiçoar. Recolocar de pé. Construíam um muro de pedras secas, uma escada para descer até o rio, ajeitavam a folha de uma janela, concebiam uma balaustrada, uma calha, uma pequena varanda. Percorriam juntos as grandes lojas de ferramentas. Cada vez que passavam por um anúncio que mostrava uma pradaria com uma casa com cobertura de telhas e um portão (o anúncio ressaltava um telhado impecável), o último sentia o pai imperceptivelmente ficar tenso. Então ficava pensando que uma casa, numa pradaria, certamente desempenhara algum papel na história deles com o menino. Ele percebia aquele ínfimo enrijecimento dos corpos ao seu redor quando a mãe preparava uma papinha, ou naquela ocasião em que, no estacionamento de uma ferragem, uma mulher abrira um carrinho de bebê. O mecanismo tinha sido acionado tão rápido que as rodinhas de borracha estalaram no chão. Seu pai tinha dado um pulo, como se o barulho viesse de um outro mundo. Por um breve instante, seus olhos vasculharam o estacionamento em busca do barulho, de um carrinho de bebê aberto e, provavelmente, da criança que seria colocada nele. Então ele se recompôs, baixou a cabeça e passou pela catraca da loja. O último não perdeu nem um mísero detalhe da cena, ainda que ela tenha se concentrado em alguns poucos segundos. Ele ia decifrando.

No caminho de volta, com o porta-malas do carro cheio de ferramentas novas, ele e o pai saboreavam um silêncio satisfeito, carregado de promessas, de construções por vir. Quando a estrada descia em direção ao vilarejo, o pai às vezes podia, subitamente, começar a interrogá-lo.

— Para o rosqueamento manual, de qual ferramenta eu preciso?

— De um desandador.

— Quantas passagens sucessivas?

— Três.

— Com quais machos?

— De desbaste, intermediário, de acabamento.

— Como eu reconheço o de acabamento?

— Ele não tem nenhum traço na haste.

E era tudo. O pai continuava dirigindo. O último ficava olhando pela janela.

Eles colocaram bambus na passarela mais ensolarada, esperando perpetuar os conhecimentos da avó, que o último não conhecera. Os gestos deles eram suaves e precisos, sintonizados entre si. Eles se passavam as pedras ou as ferramentas num balé silencioso. O suor escorria sobre os olhos do pai, que enxugava a testa sem tirar as luvas puídas. Os raios do sol penetravam na terra, e era por isso que ela irradiava, pensava o último. Ao redor deles, a montanha vigiava. Ela se manifestava por milhares de ruídos, ela guinchava, rangia, explodia de raiva ou de riso, murmurava, trovejava, ronronava, sussurrava e provavelmente o menino ausente, que a escutara, pôde perceber isso. Ele sem dúvida concluíra que a montanha era uma bruxa ou uma princesa medieval, um ogro gentil, um deus antigo ou uma fera malévola.

O último sentia a montanha junto dele, uma aliada. Sabia que os trabalhos dos homens acabavam sendo reduzidos a nada, que as passarelas desabavam, que as árvores cresciam sobre a rocha e destruíam as plantações. Ele conhecia sua intransigência. Mas também sabia que em abril as ficárias espalham sobre a relva suas gotículas amarelas, que em julho os gaios vêm bicar os figos e que em outubro todos se curvam para juntar as primeiras castanhas do chão. Ele continuava a levantar as pedras, consciente de que a vida fervilhava ali embaixo. Aprendera isso conosco, que o nosso ventre serve de abrigo. Chegava até a cavar um buraco no chão, de uns quinze centímetros no mínimo, que ele cobria com uma pedra achatada, para que os lagartos pudessem fazer sua desova em paz. Gostava especialmente dos tatus-bola, porque eles se enrolam quando estão com medo. Adorava esse reflexo, achava simplesmente genial: virar uma bola em caso de pânico. No fundo, pensava ele, os humanos imitam os tatus-bola. Quando ele encontrava um, aquela bolinha cinza-escura na palma da sua mão, não ousava nem respirar. Colocava-o delicadamente na terra úmida e ia embora na ponta dos pés.

    O último tinha um respeito infinito pela natureza. As pedras carregavam as pegadas dos animais, o céu era um vasto abrigo para pássaros, e o rio, sobretudo, era habitado por sapos, cobras, aranhas-d'água e lagostins. Nunca se sentira só. Compreendia que o menino tinha conseguido viver muito mais do que poderia, aqui, para desfrutar desta companhia. Isso lhe parecia lógico. Se ele tivesse podido conhecer o menino, teria tido isso em comum com ele, a aceitação total da montanha.

À noite, os três jantavam juntos, ele e os pais. Ele gostava das palavras que são ditas sem propósito, apenas para marcar a companhia ou para se ouvir o som de uma voz. Pairava aquele afeto que sutura os vazios, se preenche com silêncios suaves. Serviam-se de água, passavam a carne e o pão de centeio, ofereciam queijo pélardon. Pontuavam as frases com "ah, é?", "l'Espérou é um vilarejo muito bonito", "ah, sim, urtiga é terrível", "os Mauzargue são bem simpáticos". Falavam sobre o misturador duplo comprado na véspera, quatrocentas e cinquenta rotações por minuto, será que era suficiente? Ele tinha aberto as gavetas da escrivaninha da irmã, à procura de clipes, e acabou encontrando um caderninho cheio de "assuntos para discussão". Estava escrito exatamente assim, no topo da página. Isso o deixara bastante surpreso. Durante esses jantares, ninguém precisava de "assuntos para discussão". Tirou disso uma satisfação secreta, menos por orgulho do que por se sentir reconfortado. A fluidez dos laços era evidente. Era a tranquilidade feliz de um convalescente.

O mais velho e a do meio apareciam bastante naquelas conversas. Estavam lá sem estarem lá. A vida deles ia tomando forma através das notícias que recebiam, a chegada dos primeiros telefones celulares passou a possibilitar que se falassem mais facilmente. O mais velho tinha arranjado um ótimo emprego numa firma. Ele usava terno, ia para o trabalho de ônibus, morava num apartamento. Mas não tinha ninguém na sua vida. Sem namorada, poucos amigos. Os pais falavam dele como se tocassem num vaso de cristal, com delicadeza.

Já a do meio continuava em Portugal, mas tinha interrompido os estudos de literatura portuguesa. Tinha enchido o saco — de todo modo, ela nunca gostara mesmo da escola, o pai explicava. Estava pensando em abrir um curso particular de francês. Ela saía bastante. Seu apartamento dava para uma rua inclinada e estreita, onde havia uma loja de discos, e essa loja de discos passou a fazer parte da vida dela. Ela telefonava menos. Parecia muito apaixonada.

— Ela está renascendo — disse a mãe, e sorriu.

O último, naquele momento, disse a si mesmo que para renascer é preciso achar que se estava morto, e vislumbrou a imensidão das coisas pelas quais a família tinha passado antes dele.

Sob a fachada impecável, ele ardia de tantas perguntas. Quando vocês souberam, o que o meu irmão fazia o dia todo, ele tinha cheiro, vocês estavam tristes, como ele se alimentava, ele conseguia enxergar, ele conseguia andar, ele conseguia pensar, ele sentia dor, vocês sentiam dor.

No mais íntimo de si, chamava o menino de "meu quase eu". Tinha a impressão de um duplo, de alguém que se parecia com ele. Alguém que só tivesse a sensibilidade como linguagem, que nunca teria feito mal a ninguém, alguém fechado em si mesmo. Como um tatu-bola.

Tinha saudade dele — o que era o cúmulo, pensava ele, já que eu não o conheci. Teria gostado tanto de tê-lo visto, cheirado, tocado ao menos uma vez. Então ele teria ficado em pé de igualdade com os outros membros da família e conseguido satisfazer aquela curiosidade profunda e sincera que tinha pelo menino. O fato de ter sido diminuído não o desencorajava. O último gostava de tudo que fosse fraco, porque, então, não se sentia julgado. E por que ele temia ser julgado, disso ele não fazia a mínima ideia, a não ser por pensar que a vergonha que o seu irmão e a sua irmã sentiam, e talvez os seus pais, no momento em que o olhar dos outros se voltava para o carrinho de bebê, no momento em que a normalidade dos outros se mostrava triunfante, aquela vergonha era tão profunda, além de culpabilizante ("uma vergonha vergonhosa", dizia a si mesmo), que tinha sido transmitida pelo sangue. Ele teria adorado abraçar aquele menino para protegê-lo. Como era possível sentir falta de alguém que morreu antes de você existir?, ele se perguntava, e essa pergunta era atordoante.

Havia uma fotografia pendurada na parede do quarto dos pais, perto da cama, acima do abajur da mãe. Ela mostrava um menino deitado em cima de almofadões, na sombra do pátio interno. A imagem tinha sido tirada de baixo, ao nível do chão, provavelmente pelo irmão mais velho. Havia a espessura do almofadão sobre o qual repousavam joelhos ossudos, que se revelavam afastados. Os braços também estavam afastados, mas os punhos estavam cerrados como os de um bebê. Os pulsos, tão finos, pareciam gravetos secos recobertos de neve, pensou o último. O perfil era magro, muito pálido, as bochechas redondas coroadas por cílios longos e escuros. Cabelos castanhos e espessos. No canto inferior da imagem, havia uma mão passando, borrada, que ele reconhecia ser da irmã.

Era uma tarde de domingo que havia sido capturada numa fotografia, com as montanhas endireitando seus ombros para além do muro e seu pescoço grosso se espichando para o céu azul. Era um retrato da quietude e, ao mesmo tempo, tinha algo deformado — as pernas, talvez, ou o pescoço muito para trás, ou o destino.

Quando ia dar um beijo na mãe, à noite, lançava um olhar rápido, quase com medo, para essa foto. Teria gostado de se deter ali um pouco. Não se atrevia. Sua mãe sugeriu diversas vezes que fizesse perguntas, mas eram tantas que ele acabou desistindo. Na verdade, ele temia fragilizar sua mãe. Não queria que as lembranças voltassem a produzir aquele sorriso triste, o mesmo que vinha depois da pergunta: "Você está vendo a laranja?". Não queria correr o risco de perguntar para ela: "E se ele não tivesse morrido, eu teria nascido mesmo assim?". Ele a abraçava. Formulava promessas silenciosas, juramentos de amor e cuidado mútuo com os olhos fechados e a cabeça junto ao pescoço dela.

Na escola, ele se destacava. No entanto, as atividades escolares não lhe interessavam muito, ele considerava limitadas, convencionais, um pouco bobas. Exceto história. História era a única matéria que ele realmente apreciava. Tinha facilidade para memorizar todas as datas, mergulhava em períodos dos quais ele parecia conseguir apreender as nuances, os recantos, as mentalidades. Tinha preferência pela Idade Média e, quando descobriu que os homens da época davam nomes para os sinos e para as espadas, se sentiu compreendido, pois ele também nomeava as pedras. Esse é o imaginário das crianças, capaz de nos dar uma identidade que nós nunca pedimos, cujas sonoridades, no entanto, nos deliciam, "Costana", "Talhaprima", "Joiosa", transformando nosso muro num álbum de retratos.

Ao longo de toda a escola fundamental, ele estudou desde a era viking até os desdobramentos da Segunda Guerra Mundial com a mesma empolgação. A primeira data que abria o período lhe dava uma sensação intensa de felicidade, a impressão de estar entrando num país desconhecido. Ele ia ter que aprender uma língua, uma maneira de comer, de pensar, uma relação diferente com o espaço, com os sentimentos. A história era uma viagem por um continente desconhecido que, no entanto, combinava tão bem com seu próprio presente. Sentia-se o elo de uma corrente, ocupando o seu lugar numa imensa farândola que, antes dele, havia moldado o mundo. Adorava essa ideia, de estar situado entre milhares de vidas vividas e de outras por vir. Porque então ele já não era mais o último. Às vezes ele nos tocava com a ponta dos dedos, com cerimônia, como se estivesse tocando nos vestígios dos seus antepassados — e era verdade, as pedras são relíquias. Sobre isso, ele não falava com ninguém.

Sentia que uma fronteira o separava das crianças da sua idade. Ele penetrava na espessura humana com muita facilidade. Captava um olhar, uma melancolia, uma expectativa, um sentimento de inferioridade, um amor secreto, um medo. Farejava os outros como um animal. Mas tinha o cuidado de permanecer humano para evitar a rejeição, pois os sensíveis demais, ele pressentia, são presas fáceis.

Reparou logo num garoto da sua idade, isolado. Ele provavelmente vinha de um outro vale. Ou então tinha acabado de se mudar para cá. De qualquer forma, ninguém o conhecia. Observou os outros o observarem, avaliou o perigo de se manter à margem. O garoto já estava correndo atrás do seu cachecol, que tinha sido enrolado e ia passando de mão em mão como uma bola. Ele pulava, com os braços estendidos, mas o cachecol era lançado muito alto. Acabou caindo nas mãos do último. Ele gostaria de ajudar o menino, que já vinha correndo na sua direção, mas fez o contrário, obedeceu a norma. Lançou o cachecol, com todas as suas forças, para um outro grupo, forçando o garoto a dar meia-volta, o que terminou num escorregão. Ele não se levantou de imediato, ficou chorando sua derrota enquanto uma alegria perversa atravessava todo o pátio.

Essa cena assombrou o último. Sonhou com ela, acordou sobressaltado, desceu as escadas para ir sentar ao lado do pai, que estava folheando uma revista de ferramentas em plena madrugada (era normal). Odiou aquele episódio do pátio e odiou a si mesmo. Se ele fosse Ricardo Coração de Leão, pensava, jamais teria agido daquele jeito. Conseguia ouvir claramente o choro do garoto, como se estivesse logo atrás dele, na sala de estar. Então lhe pareceu natural, no dia seguinte, voltar à sua verdadeira natureza. Ficou esperando o momento em que, antes de entrar na aula, iria tirar o próprio cachecol e entregar para o garoto, na frente dos outros colegas. Escutou a palavra "traidor" se espalhando, ao passo que o garoto, deliberadamente, não pegou o cachecol, que caiu como uma faixa pesada no chão do corredor. *Não ganhei a amizade do garoto e ainda perdi a dos outros*, pensou o último, e no fundo ele não estava surpreso. Sentia-se diferente dos outros e diferente do garoto diferente. Já era hora de admitir isso. Ele precisava tomar cuidado.

Dentro dele pululavam questionamentos que mais ninguém parecia se colocar. O pátio da escola era separado da rua por um muro de pedras. Era capaz de ficar imóvel diante dele, se perguntando como cobrir as frestas. Giravam na sua cabeça as palavras que o pai usava quando eles construíam um muro, palavras que ele adorava, de meia vez, sapata, junta de paramento, perpianho. Tinha vontade de chegar bem pertinho para se grudar nas pedras, descansar a testa sobre elas, *deitar na vertical*, pensava ele, mas se continha. Era preciso refrear a sua delicadeza e se inserir no grupo, compensar o episódio do cachecol. A turma estava jogando bola, então ele iria jogar bola. Como desconfiava dos outros, foi esperto o bastante para se misturar com eles e evitar, assim, a humilhação. Deu sua opinião quando foi preciso, divertiu o pátio, não contou que ficava recitando mentalmente as rotas das cruzadas na fila de espera do refeitório, manejou a quantidade certa de insolência para contrabalançar suas boas notas. Seu único limite era a injustiça. Isso o seu temperamento generoso não suportava. Quando, um dia, a turma foi de novo perseguir o garoto, ele se endireitou, avisou que não iria fazer aquilo, que não se batia num solitário. Sua voz seca, fria, acalmou os ânimos. Ganhou, inclusive, uma aura de líder, e não soube o que fazer com ela. Não confessou para ninguém que havia vislumbrado, por uma fração de segundo, o mal que aquela horda teria feito ao seu irmão diferente.

Convidou os colegas para virem ao povoado. Os outros e o garoto. Para os pais, era a primeira vez em muito tempo que isso acontecia, já que os mais velhos não tinham mais feito isso. A mãe comprou litros de bebida, o pai construiu pernas de pau. Quando o garoto caiu estatelado no chão, com as pernas absurdamente rígidas por conta das pernas de pau, o último ignorou as risadas dos outros e sentiu um carinho irresistível. Sua mãe também, já que ela ajudou o garoto a se levantar, sacudindo a poeira da sua camiseta. Ela estava sorrindo. Nada de muito ruim poderia ter acontecido, de tão feliz que ela parecia. Ela se inebriava com o barulho, enchia a barriga de todos, sugeria brincadeiras. Quanto tempo fazia que seus pais não recebiam crianças em casa?, o último se perguntou. Com ele, todos os acontecimentos triviais de uma vida miúda tomavam a dimensão de um momento histórico — lanche de aniversário, festa da escola, boletim escolar, inscrição no tiro ao alvo (para praticar tiro ao alvo, é preciso ficar de pé, enxergar, segurar, entender, coisas que o menino falecido não fazia). A banalidade, rodeada pelas provações vividas, ganhava ares de festa. Isso o deixava orgulhoso, o colocava num trono; e, ao mesmo tempo, o deixava sobrecarregado. Ficava se sentindo um usurpador. Se desculpava silenciosamente com o seu irmão. *Desculpa por ter tomado o seu lugar. Desculpa por ter nascido normal. Desculpa por viver enquanto você está morto.*

Algumas manhãs, ficava deitado na cama dele. Relaxava o pescoço e, lentamente, dobrava e depois esticava os joelhos ao máximo contra o colchão. Imitava o menino, tentava se aproximar do que ele tinha sido capaz de sentir. Ficava assim, com os olhos errando pelo vazio, o ouvido atento aos mínimos ruídos, o tafetá sonoro do rio, o arranhar de um arganaz no sótão, até que sua mãe o chamasse.

Seu irmão e sua irmã vinham nas férias. O último mostrou para eles os trabalhos feitos junto com o pai. Chamava os dois até o depósito de lenha para fazer uma demonstração do esmeril de bancada, saboreando o leve recuo deles ao aumentar a velocidade de rotação e pronto, dizia ele, aí estão as lâminas bem afiadas.

— Guarda isso — o irmão mais velho aconselhava gentilmente.

Ele adorava vê-los, mesmo que, depois de várias semanas, ficasse aliviado quando iam embora. Ele podia, enfim, voltar para o seu casulo. No período das férias, no entanto, aceitava perdê-lo. Ele não era mais o centro. Tornava-se uma preocupação periférica, isso era claro, então ficava calado durante as conversas dos adultos. Isso não incomodava. Ele sabia que era temporário. Seu irmão e sua irmã conheciam os equilíbrios destruídos, não ele. Era o bastante para que lhes cedesse seu lugar de tempos em tempos. Além do mais, gostava de ficar sentado no colo da irmã, que ele achava bonita, animada, apaixonada por comida. De Portugal, ela trouxera receitas que ele adorava, era a rainha dos waffles de laranja. Ela trazia consigo um mundo de pessoas sorridentes, uma nova língua, uma outra organização do tempo, um clima diferente, uma cidade amarela e azul, com um elevador gigante e mosteiros. Chamava-o de "meu bruxinho".

Sua irmã era bastante carinhosa com ele. Ao contrário do irmão mais velho, que não tocava em ninguém, ela passava o tempo o enchendo de beijos. Com frequência ela o segurava pela nuca para trazê-lo para mais perto dela. Depois o abraçava com muita força, como se ele fosse desaparecer.

Quando eles caminhavam pela montanha, ela começava suas frases por "quando eu era pequena". Então o coração dele ficava apertado. Teria gostado tanto de vê-la criança. Teria gostado tanto de ter o lugar daquele que não estava mais, de ser o único irmãozinho que ela deveria ter tido. Sua história familiar era cheia de buracos. Ele gostava de história justamente porque a sua lhe escapava. Mais uma vez, imaginava caminhos escarpados sendo subidos sem ele, momentos muito especiais cujo sabor ele nunca iria conhecer. E dores também, dores infinitas das quais não fazia ideia e que, no entanto, assombravam os que lhe eram próximos.

Antes dele, só existiam os mais velhos. Vivos ou mortos, eles eram os mais velhos. Já ele, ele chegava no fim da cadeia.

Para a irmã, ele podia perguntar sobre o irmão deles. Quando vocês souberam, o que ele fazia o dia todo, ele tinha cheiro, vocês ficavam tristes, como ele se alimentava, ele conseguia enxergar, ele conseguia andar, ele conseguia pensar, ele sentia dor, vocês sentiam dor.

Estavam andando pela trilha, um atrás do outro, de modo que não conseguiam se ver. Ela avançava com um passo quase furioso, como se estivesse batendo na montanha. Ele percebia uma raiva e, ao mesmo tempo, uma força. A irmã tinha aprendido o português tão depressa, ela estava cercada, ela lia, encontrava, ouvia, ela conhecia todos os bares de Lisboa. Ela abraçava a vida e seu movimento. Contava que gostava de tomar um café na calçada, de não ser notada, de observar as pessoas, suas expressões, suas idas e vindas. A multidão era tão insensível, soberana e autossuficiente quanto a natureza. Podia-se sofrer de um jeito atroz, a multidão e a montanha não estavam nem aí. Por muito tempo, ela se sentira furiosa com essa indiferença. Agora, isso a deixava calma. Ela via nisso uma acolhida sem julgamentos. As leis elementares não pedem desculpas, ela lhe disse, mas também não condenam.

Às vezes ela usava algumas palavras em português quando falava em francês. Ele gostava da tessitura cheia e abafada que elas tinham. Havia línguas melodiosas e línguas arranhadas, mas, ao contrário delas, o português parecia voltado para dentro. A boca empurrava as sonoridades para a garganta, como se a mensagem, antes de sair pelos lábios, voltasse ao coração daquele que a pronuncia. Desse modo, nenhuma palavra saía intacta e, à semelhança dessas pessoas tímidas e genuinamente afeiçoadas à solidão, as palavras, indiferentes à sua própria clareza, pareciam ter pressa de voltar para o calor do corpo. Era uma língua de recônditos. Não tinha como sua irmã falar nenhuma outra, pensava ele.

Ela respondia as suas perguntas. Ele ficou sabendo da cabeça do menino apoiada nas pedras chatas do rio e do mais velho lendo ao seu lado; da casa na pradaria, povoada por freiras; dos pés curvos, do palato arqueado, das bochechas aveludadas; dos calázios, das convulsões, do Depakene, do Rivotril, da Rifamicina, das fraldas, dos purês, do pijama roxo de algodão; dos sorrisos, do fiapo puro e alegre de voz; do olhar excruciante dos outros; de todos os momentos que ele não conheceria. Começava a se desenhar a sua história, ele estava entendendo de onde vinha. A irmã também lhe falava da avó em seu quimono leve, de Carrapateira, do ioiô, das árvores submissas, do coração imenso. Ela o repreendia também, porque ele era lento demais, sempre revirando as pedras, procurando tatus-bola.

Eles tinham os seus passeios, o de Figayrolles, o de La Jons, o do Col de Varans, o de Perchevent ou o de Malmort, de onde as ovelhas partiam. Sua irmã avistava as tocas dos javalis e, dependendo do lugar em que tivessem sido cavadas, ela conseguia identificar os ventos. Se o leito estivesse voltado para a vertente mediterrânea, era para se proteger do ar glacial do norte. Através dela, ele sentia, falava a avó e a sua ciência dos ventos.

    Eles atravessavam córregos, abriam corredores pelas urzes-brancas, escorregavam no cascalho. Às vezes um espinheiro arranhava a pele deles. Eles sabiam posicionar os pés, prender a respiração. Quando por fim chegavam no planalto, quando o céu abria seus braços e os dorsos das montanhas se estendiam até onde a vista alcançava, o último se sentia leve, finalmente liberto de suas perguntas. Era isso, era tão simples quanto uma vista panorâmica, tão claro quanto: ele estava ali enquanto o menino não estava mais. Pensava nisso sem drama nem tristeza, era a constatação de um aprendizado, eu estou aqui enquanto você está em outro lugar, e isso valia como laço.

    Aconteceu de almoçarem à sombra de um curral de ovelhas ou diante de cavalos em semiliberdade. Foram esses os seus momentos mágicos, cuja lembrança se confundiria com o som dos sinos, dos balidos, dos relinchos e das cavalgadas. Dos sons dos animais e também dos odores (de giesta, de terra úmida, de palha), porque ele, o último, não conseguia deixar de combinar as emoções e os sentidos. Gostava de pensar que séculos atrás eram os mesmos sons, a mesma luz, os mesmos odores. Certas coisas não envelheciam. Peregrinos medievais podiam ter visto aquele mesmo dia de outono, derramado de ouro líquido. Os choupos, afinando-se amarelos, erguiam-se como tochas. Os arbustos se espalhavam em milhares de gotículas vermelhas. A montanha estava trajando um casaco laranja salpicado de verde, e o último conheceu de uma só vez as cores alucinantes com que o mês de outubro se vestia. Chegavam até ele um cheiro de creme morno, o balbucio de um menino e o sorriso do garoto quando finalmente conseguiu andar com as pernas de pau. Ele fechava os olhos por um momento. Então se levantava, saciado, fazia um sinal para a irmã. E iam embora. Via os ombros magros dela respirando ao ritmo da caminhada, seus cabelos castanhos e pesados sacudindo pelas costas.

No caminho de volta, passaram por um cedro plantado na rocha. A árvore se aprumava, esbelta e sozinha. A do meio parou.

— Essa daí tem vontade de viver — lançou ela.

Virou a cabeça. Ele viu o perfil dela no ar acobreado do outono.

— Como você.

Sua irmã era rápida e divertida, cheia de projetos. Ela abraçava a vida como se a vida lhe tivesse feito falta, ele pensou, e, quando se apaixonou, ela foi deixando silêncios nas suas frases. Ele ouvia o passo seguro e regular, em sintonia com a respiração, então a voz dela retornava, ela falava daquele rapaz que tinha conhecido numa loja de discos, que a tinha esperado, entendido, *consertado*, pode-se amar sem ter medo de que algo ruim aconteça com a pessoa que se ama, pode-se dar sem ter medo de perder.

— Não dá para viver com os punhos cerrados, esperando pelo perigo — ela dizia —, é isso o que esse amor está me fazendo aprender, e o que o nosso irmão mais velho não aprende. Nosso irmão mais velho — ela então murmurava —, que desistiu.

Ele voltava dessas caminhadas um pouco atordoado. As palavras da irmã se incutiriam nele ao longo dos dias. Ele dava tempo a elas. À mesa, à noite, olhava para o irmão mais velho com olhos diferentes. Seus gestos suaves e sua calma ganhavam um outro significado. Como podia ter cuidado tanto do menino, enquanto praticamente não dava bola para ele, o último? Um dia, decidiu perguntar à queima-roupa, enquanto o pai deles estava servindo a sopa, por que ele não lia mais. O mais velho apenas devolveu um sorriso triste, mas ele nunca lhe dera nada além disso, um sorriso triste, e o último exigia mais. Então se atreveu:

— Tem só uma letra separando "livro" e "livre". Se você não lê mais, é porque está completamente aprisionado.

A concha que o pai segurava permaneceu parada no ar. A do meio e a mãe trocaram olhares. O mais velho, por outro lado, não mostrou nenhuma surpresa. Empurrou o garfo um milímetro. Levantou seus olhos escuros. Sua voz era dura.

— Nós tivemos aqui um pequeno que estava aprisionado. Ele nos ensinou bastante. Então não vem querer dar lição.

O último afundou o nariz no prato. Ele sentia o fantasma do menino pairando ao redor daquela mesa, e nunca teria pensado que um fantasma pudesse ser tão pesado. Se dirigiu mentalmente ao menino falecido: *Tanto impacto para alguém inadaptado... É você o bruxo.*

Falava com ele com frequência, no mais íntimo de si. Instintivamente, usava palavras carinhosas e simples, ninava, se exprimia como se falasse com um bebê, mas, e isso vinha por conta, contava sobre a morte de Ricardo Coração de Leão e sobre o código de honra dos cavaleiros. De longe, ninguém seria capaz de imaginar que ele falava com o menino. Contava também das suas visões, traçava um paralelo entre uma cor e um som, desvelava o que estava sentindo. Revelava para ele seu universo secreto, com a certeza de estar sendo compreendido. Só se pode compartilhar um conhecimento fora do padrão com um ser fora do padrão, pensava. Teria dado qualquer coisa para tocá-lo. A irmã tinha lhe falado tanto da textura granulada da pele dele, do irmão mais velho que gostava de ficar bochecha contra bochecha. Ele imaginava o busto translúcido, a transparência de veias azuladas dos pulsos, a estreiteza dos tornozelos, o rosa das plantas dos pés que nunca tinham sido usadas. Às vezes ia até o quarto dele, agora transformado em escritório. Os pais mantiveram a caminha de ferro com volutas brancas. Colocava a mão no colchão, no lugar da cabeça. Fechava os olhos. Um fiapo de voz cantante soava, cristalino, ele escutava um sorriso. Vinham-lhe também os odores de suor no pescoço, de flor de laranjeira, de legumes cozidos. Ele sabia que, no momento em que mexesse a mão para finalmente sentir a pele e o cabelo espesso, seu irmão iria se dissipar. Seus olhos se enchiam de lágrimas.

Um dia, perguntou onde estava o pijama roxo de algodão. Sua mãe, perplexa por ele ter conhecimento daquele detalhe, respondeu que o mais velho tinha levado com ele.

Com o tempo, ele foi se tornando mais e mais sensível. As cores da montanha faziam brotar nele poemas desvairados. A luz se transformava em grito. Às oito horas da noite, no verão, ela ficava tão oblíqua, tão viva, que ele precisava tapar os ouvidos. A sombra era uma ária de violoncelo. E os perfumes, esses malditos perfumes capazes de ressuscitar canções desaparecidas. Eram os mesmos que seu irmão aspirara?, ele se perguntava. Com certeza, já que o olfato dele funcionava. O que ele respirava? Ele jamais saberia. Fora tomado por uma vontade irreprimível de descrever para o seu irmão aquilo que via. Sentia-se cheio de um poder imenso, o de transmitir o que se vê, movido por um impulso de partilha e de amor (e, naquele momento, ele lembrava que o mais velho tinha reagido como ele, a irmã contara que o mais velho descrevia tudo para o menino). O roxo, o branco, o amarelo o impeliam a um mundo de pistilos e de perfumes no qual os cheiros se transformavam em carícias, ressuscitavam um lugar, o inebriavam, até que a voz da sua mãe se tornasse insistente. Ficava tentando explicar para ela o que o mundo provocava nele. Mas só conseguia apontar para aqueles maciços floridos, alteia, forsítia, lagerstrêmia, sem que nenhuma palavra viesse acompanhar o roxo, o amarelo vivo, o branco-creme, que explodiam numa orquestra louca antes de se dissolverem numa litania prosaicamente fonética, alteia, forsítia, lagerstrêmia.

— Mas que memória! Você lembra de tudo! — se surpreendeu a mãe.

— Não — ele respondeu. — Eu não esqueço nada, é diferente.

Ele estava claramente avançado.

— Estar à frente quando você é o último é o cúmulo — ele disse ao psicólogo.

Como aconteceu com a irmã, os pais, cientes do seu descompasso, lhe sugeriram a psicoterapia. Mas o doutor tomou essa reflexão por pretensão. Ele, o último, teria gostado tanto de lhe dizer que uma parte dele não tinha nove, mas mil anos, enquanto uma outra parte estava continuamente despertando, e que essa grande distância o isolava dos outros. Ele se sentia à parte. Tinha inveja dos colegas de aula insensíveis à piedade, à beleza. Por que nenhum deles reagia ao voo de uma ave de rapina, à evocação dos reis cavaleiros, ao sorriso da mulher do refeitório? Como era possível que os movimentos do mundo não produzissem nenhum som, não fizessem nenhum eco? Até o garoto, agora, brincava com aqueles que tinham roubado o seu cachecol. Os outros pareciam todos tão sozinhos e tão à vontade. Ser um bruxo, no fim das contas, o afastava.

Esperou até as férias de Páscoa para falar sobre isso com sua irmã, mas ela não veio. Tinha ido viajar com o seu novo namorado. Ele imaginava a mão dela na sua nuca, sentia falta disso. Então se voltou inteiramente para o mais velho. No fundo, foi bom; era preciso alguém bastante danificado para entender aquelas coisas. Mas o mais velho se levantou da mesa e avisou que estava indo caminhar, sozinho.

Ele o seguiu. O mais velho não foi muito longe, até a beira do rio, ali onde as pedras são chatas. Sentou, cruzou os braços em volta dos joelhos e não se mexeu mais. O último ficou escondido, observando. Sentiu crescer nele um ciúme louco do menino. *Se eu tivesse sido deficiente*, pensava, *meu irmão mais velho teria cuidado de mim*. Então baixou a cabeça, tomado de vergonha.

Certa noite, no final do verão, a do meio telefonou. Quando a mãe desligou, estava pálida. Sentou à mesa. Limpou a garganta e anunciou que a do meio estava grávida.

— Os exames estão bons, está tudo bem — acrescentou.

O pai levantou e abraçou forte a esposa. O último, porém, ficou arrasado. Pensou que sua irmã deixaria de amá-lo. O futuro bebê tomaria seu lugar e assinalaria a retomada. Seu nascimento, por si só, iria tirá-lo do seu papel. Ele não serviria para mais nada. Levantou da mesa, pegou uma laranja no cesto, abriu a porta e jogou a fruta, com toda a força que tinha, na nossa direção, aqui no pátio.

Foi o único ato de rebeldia em toda a sua vida. Porque, quando se virou para a cozinha, viu os rostos dos pais, contraídos de angústia. Jurou a si mesmo que nunca mais faria aquilo.

No Natal seguinte, os irmãos saem para o pátio interno, deixando o alarido morno atrás da porta de vidro. Os velhos tios estão mortos, os primos tiveram filhos. A tradição dos concertos, das canções protestantes e do banquete se mantém.

Eles escapuliram por um momentinho. Congelados, ficam postados de costas para nós, enquanto um dos primos ajusta a câmera fotográfica. A do meio ri; com uma das mãos acaricia as costas do mais velho, com a outra segura o último pela nuca. Então os três ficam estáticos diante da objetiva. A foto é tirada.

A do meio: ela segura sua barriga redonda com as mãos, a cabeça inclinada para o lado. Seus lábios são rosados, sua cabeça está erguida. Um sorriso discreto. Ela veste uma blusa cinza de gola alta. Os cabelos cobrem seus ombros.

O mais velho: ele está de braços cruzados, a postura ereta. O rosto é impenetrável, exceto pelo olhar gentil por trás da armação fina dos óculos tartaruga. Ombros estreitos, camisa de diretor financeiro. Cabelos castanhos, cortados curtos.

O último: peito voltado para a frente, como se estivesse caminhando na direção da objetiva. Rosto redondo, sorriso grande e travesso. Olhos apertados, boca esticada sobre os aparelhos. Cabelos mais claros e bagunçados.

Os três têm olheiras em volta dos olhos levemente amendoados, bem grandes, tão escuros que a pupila se confunde com a íris.

Cada um deles ficou com uma cópia dessa foto. Quando recebeu a sua, o último ficou pensando que sempre houvera o mesmo número de filhos nas fotos de família. Apenas o terceiro mudava.

Mais tarde, quando sua primeira sobrinha nasceu, ele e a irmã amarraram novamente os cadarços dos calçados de caminhada. Reencontraram o frescor da manhã, o mapa amassado sendo desdobrado, o queixo erguido na direção do desfiladeiro a ser alcançado. Enquanto a irmã caminhava à sua frente pela trilha, respondeu a sua pergunta sobre se ela temera ter uma criança deficiente.

— Estranhamente, não — disse ela. — Primeiro, porque eu e o Sandro fomos muito claros sobre uma coisa: se o bebê tivesse algum problema, nós não iríamos levar a gravidez adiante. Depois, porque ter vivido o pior afasta os medos. A gente passou por ele, então a gente sabe como é. Temos os reflexos e o manual de instruções. O medo vem do desconhecido.

Com ela, as palavras fluíam e permaneciam palavras, não vinham acompanhadas de imagem ou de som. Era tão simples. Pôde lhe perguntar sobre seu novo papel de mãe, seu novo país, aquele novo amor, tudo era novo com ela. A novidade não gerava temor. Além do mais, como é que ela tinha superado a angústia de cuidar de um bebê, como é que ela tinha aprendido os gestos?

— Nós tivemos um bebê durante dez anos, só para te lembrar, mesmo que eu não me aproximasse muito dele. Olha só. Do outro, a gente só guarda os seus esforços. O resultado pode ser imperfeito ou não, isso segue sendo secundário. Só vão contar os esforços. Sabe, os pais do Sandro se separaram quando ele era criança. O pai dele era pobre. Ele morava num quartinho. Mas o Sandro lembra do biombo que ele achou sabe-se lá onde, da cama feita com espuma e caixotes de madeira, dos esforços do pai para criar um cantinho só para o filho. Esses esforços valiam muito mais do que um pai ausente que deixa caviar na geladeira. Pela minha filha, eu me sentia pronta para fazer qualquer esforço, como os nossos pais fizeram. A partir daí, pouco importa se eu vou conseguir ou não. O principal estava em outro lugar, nessa exigência que eu aceitei me impor e que funda uma amizade, um amor, um laço — a propósito disso, ela não pretendia se casar —, porque o casal, diferentemente do que a sociedade quer fazer a gente acreditar, é o maior espaço de liberdade. Essa é a única área que foge à norma, ao contrário do trabalho ou das relações sociais. Você vai encontrar casais que brigam sem parar e seguem juntos por toda a vida, outros que amadurecem em paz, os que querem filhos e os que não querem, os que acham que a fidelidade é essencial e os que fazem dela algo secundário. Muitos vão achar banal o que para outros é uma anomalia. E vice-versa. Não existe nenhuma regra, e há tantas normas quantos casais. É muito estranha a ideia de querer inserir essa liberdade numa estrutura oficial.

A voz dela era abafada, tomada de indignação. Por qual milagre a vida pulsava dessa forma, o último ficava se perguntando, por quais caminhos aquele ímpeto passara, ao longo de todos aqueles anos, para voltar a jorrar assim tão forte, como se tivesse acabado de eclodir?

Ele adorava escutá-la. Dizia a si mesmo que sua irmã, como ele e o mais velho, carregava mil anos de existência. Começou a rir sozinho, pensando naqueles irmãos estranhos, disse isso a ela, ela riu também, pelo menos é o que pareceu, porque naquela trilha ele só enxergava as costas dela. Avança-se sozinho na montanha. Ele ficou pensando que as pessoas daqui se parecem com os seus caminhos.

Passaram-se os meses como passam os de uma infância na montanha. Ele caiu no rio em janeiro. Encontrou sua primeira ninhada de gatinhos se abrigando no moinho. Aprendeu a reconhecer a detonação do rifle Baikal de tiro único, sinal das caças de javali. Espreitou as raposas, os morcegos-anões, os texugos. Se maravilhou com a mutação outonal de um choupo, cuja carapaça de folhas se desfez em uma noite. Sentiu a chuva morna de junho caindo como uma cortina de veludo. Reconstruiu, com o pai, os muros de pedras secas construídos na temporada anterior. Dançou em volta das fogueiras verticais de setembro, quando os galhos mortos são queimados nas margens dos rios e, sob efeito das chamas expulsando o ar da madeira, assobiam como instrumentos musicais.

Mas certas coisas não mudaram.

O último avançava sob vigilância. A montanha o maravilhava cada vez mais e, quando ele sentia, tocava, inspirava, fazia isso pensando no menino. Fechava os olhos com frequência para se concentrar nos sons. *Bruxinho*, ele pensava, *eu nunca teria pensado em fechar os olhos para enxergar melhor*. Era um companheiro invisível. Ele se instalara no mais fundo da sua vida, era assim, havia ausências em forma de lugares, e o último precisava regressar para o menino.

Com os outros, ele teve cada vez mais dificuldade para disfarçar o seu descompasso. Como dizer para eles que a montanha tinha atravessado toda a história, que essa imanência o abalava e trazia a certeza de que os mortos nunca desaparecem por completo? Como dizer para eles que essa vida fervilhante da montanha era a mesma de séculos atrás? Que cada ínfimo movimento dos animais continha a memória de um morto? Era exigir demais. Os outros tinham o mesmo dom que os bichos selvagens para detectar a diferença. Um dia, a professora de biologia pediu que os alunos levassem um peixe para ser dissecado. O último apareceu com uma truta saltitante dentro de um saco plástico. Os outros, que tinham ido todos à peixaria, olharam para ele boquiabertos. Ninguém foi capaz de compreender que, para ele, só existiam peixes vivos.

Ele criava palavras. O pastor se tornava um ovelhador, ele mesmo se dizia sonhista, havia uma cor rozul (rosa com reflexos azulados), a conjugação contava com um futuro-que-pressente. Ele só podia confiar suas descobertas para o menino, bem baixinho, no seu quarto antigo, com a mão apoiada no colchão, onde ficava o lugar da cabeça. Recitava as palavras e cada sonoridade se transformava em borboleta, mariposa, crisopa, uma pequena criatura voadora que rodopiava em torno das volutas brancas da cama. Ele agradecia ao irmão por aquele milagre.

Como terminava as provas antes de todo mundo, pois memorizava tudo, entendia tudo, tinha tempo para inventar outras palavras, que ele anotava discretamente, no silêncio da sala de aula. Essa aptidão o salvou de perseguições. Não se importava nem um pouco com o espírito de competição, a ponto de ceder de bom grado suas lições de casa para os outros copiarem. E também havia o humor. Era o seu melhor escudo. Ele imitava, brincava, caricaturava uma situação, valia-se da autoironia, de modo que, ao final, os espíritos perversos entregavam as armas e acabavam rindo. Assim, ele continuou a ser convidado para ir na casa dos outros, não perdeu nenhuma noite de festa, mas desistiu temporariamente de trazer os amigos para o povoado. A impressão de sacrilégio lhe saltava aos olhos. Aqueles profanos não tinham como harmonizar com o reino dos bruxos.

A consciência da sua diferença o aproximou ainda mais do menino. Ele mesmo sorria com aquele laço improvável, não estava doido. Mas tinha que admitir: conversar com o menino falecido era o único lugar em que ele não estava fingindo. Sentia a mesma coisa com os animais. Nunca entrava em pânico quando um morcego-anão distraído ficava preso nos seus cabelos ou quando pisava num sapo perdido na estrada. As filhinhas da sua irmã berravam de terror. O sapo não se mexia, mas, a cada grito, seu olho brilhante se contraía alguns milímetros. O último percebia claramente que aquele alarido o incomodava. Pegou-o pelo dorso e, sob o olhar horrorizado das sobrinhas, que apesar de tudo o seguiram, desceu em direção ao rio para colocar o animal na água.

Quando uma manhã radiante se anunciava, ele ficava genuinamente feliz pelos pássaros. À beira da água, fechava os olhos para ouvir os seus pipilos. Nesses momentos, sua irmã proibia as filhas de se aproximarem dele. Ela não dizia "Ele está descansando" ou "Ele está em silêncio", mas "Ele está respirando".

O último definitivamente gostava de ver a irmã tornada mãe. Observava seus gestos envolventes ao redor de um corpo minúsculo, compreendia melhor as mãos que tinham cuidado do seu irmão. Pois então era isso, o odor entranhado nas dobras de um pescoço, os punhos cerrados, os barulhos minúsculos de mamífero novo, sucção, soluço, grunhido, respiração espasmódica. Ele adorava os movimentos dos braços do bebê, seus punhos móveis, que se assemelhavam aos de uma dança balinesa, lenta e tensa. Pensava que todos os guerreiros da história tinham sido, em algum momento, esses pequenos seres capazes de uma dança balinesa. Também percebeu melhor o desespero pelo qual sua família tivera que passar, quando suas sobrinhas pronunciaram suas primeiras sílabas ou vacilaram na tentativa de seguir andando. Que dor devia ter sido aquilo, ele pensava, ficar estacionado nesse estágio de bebezinho, como se o tempo se negasse, mesmo que o seu irmão continuasse crescendo, num machucado irônico.

Mas o que a irmã lhe dissera era verdade, ela não estava preocupada. As febres, a tosse, a respiração sibilante, as erupções cutâneas, as cólicas pareciam fazer parte de uma mesma aventura, que ela conseguia gerir com calma e segurança, a ponto de Sandro, com sua responsabilidade comedida, também se amparar nela. Será porque aquela prole se compunha apenas de meninas, distinguindo-se do menino, já de partida, pelo sexo, o que tornava a maternidade mais fácil, descolada do luto por um menininho falecido? Talvez. Ainda assim, sua irmã parecia saber. Ela possuía os gestos, as frases e as canções de ninar. O último às vezes lamentava que lhe faltasse imaginação com as filhas, teria gostado que sua parcela de desordem surgisse de vez em quando, de tanto que ela parecia um soldado sem medo nem dúvida. Mas ele lembrava do caderninho que encontrara e se calava. Ele a admirava. Como se, indiferente a tudo, ela não temesse mais nada.

Ele também não, já não tinha mais medo. Seu lugar estava mantido. Sua irmã teve a inteligência delicada de não tirar nada dele para dar às suas crianças. Os dois mantiveram suas caminhadas pela montanha, suas conversas. O último teve a educação de não pedir demais e de deixá-la com total liberdade para ser a mãe que ela quisesse. A única pergunta que lhe fez, um dia durante as caminhadas, foi para saber por que ela segurava suas filhas pela nuca em vez de pegá-las pela mão. Por que era a nuca, sempre, que tocava, como nas ocasiões em que ela lhe dava um abraço. Levou alguns passos até escutar a resposta, vinda das costas dela, já que estavam na trilha.

— Porque um dia eu quis carregar o menino, coloquei as mãos debaixo dos braços dele, mas a cabeça foi dobrando para trás, ficou balançando no vazio, eu fiquei com medo e o soltei e a parte de trás do crânio quicou no tecido do cestinho. Eu guardo a lembrança assustadora daquele pescoço desencaixado, oscilando no ar, caindo e depois levando a cabeça para a frente, o menino se encolhendo, se dobrando sobre si mesmo, a nuca que eu não tinha sequer sido capaz de segurar, medindo a fragilidade daquela partezinha, tão magrinha, ligada ao corpo como o fio de uma marionete. E se o pescoço tivesse quebrado, você consegue imaginar? Desde então, eu seguro as nucas.

Com as filhas dela, a casa se enchia de alegria, de gritos, atravessada pelo aroma dos waffles de laranja e por exclamações em português. De fato, os pais aguardavam ansiosamente as férias. O último tinha fabricado espadas para participar de um torneio, redigido resumos sobre Ricardo

Coração de Leão, organizado um concurso de brasões. Até o mais velho, que era tão sensível ao barulho, se abria um pouco. Ele era aquele que, atrás das crianças, verificava se os freios da bicicleta estavam funcionando, se o balanço estava firme, se as margens não estavam escorregadias. Ficava mais perto principalmente da segunda filha da sua irmã, que era tão calada quanto ele, sempre pedindo brinquedos de lógica, quebra-cabeças, enigmas. Respondia com paciência, escolhendo as palavras, e se abaixava para amarrar os cadarços da sobrinha.

Um dia, o último os surpreendeu sentados no pátio, sob a nossa sombra. Eles estavam debruçados sobre um livro de sudoku. O mais velho falava baixinho, franzindo a testa, com um lápis apontando para a página. A menininha, cujos mesmos cabelos castanhos caíam sobre os ombros, tinha apoiado a bochecha no antebraço do mais velho e estava olhando, profundamente concentrada, para os quadradinhos cheios de números. Estavam tão compenetrados que o último sequer ousou respirar. No ar imóvel do verão, apenas o rio produzia o seu chiado para além do muro. Foi então que o último viu, no outro extremo do pátio, no vão da porta medieval, sua irmã. Ela também estava observando seu irmão mais velho e sua filha, que, encurralados por aquele duplo olhar, não haviam percebido nada. A do meio estava *verificando*, pensou o último, sempre com a preocupação de um general que inspeciona o terreno. O olhar da irmã cruzou com o dele. Então, sem tirar os olhos dela nem avançar na sua direção, o último ergueu o polegar em sinal de vitória. Ela tinha tido sucesso na retomada.

Durante esses verões, os dois almofadões grossos que tinham acolhido o menino eram levados de novo para o pátio. Agora as sobrinhas se aconchegavam neles, pulavam em cima. A mais nova, a terceira, até tirava suas sonecas ali. Nós vimos, mais de uma vez, uma nuvem encobrir os rostos do mais velho e da do meio, e nós sabíamos por quê. Passava por eles a visão fugaz de outro corpo que parecia adormecido sem estar, com os joelhos afastados, os pés arqueados, os cabelos se mexendo suavemente sob a brisa. Mas era uma criança normal dessa vez, de dois anos, que esfregava os olhos e pedia seu lanche.

Quando toda essa gente voltava para Lisboa, quando o mais velho regressava para a cidade, o último retomava o seu lugar. Era o retorno dos calmos jantares a três. Ele gostava de ter tempo para mergulhar junto com os pais naquele fluxo diário constituído de mínimos prazeres. Se deliciava com as noites que estavam por vir, quando teria tempo para estudar história; tinha o desejo de aprender a linguagem dos brasões de armas. Também reatava com o menino, no mais fundo de si, como se tivesse andado um tempo desaparecido. Contar de novo das correspondências secretas da natureza, das dobras secretas da montanha, dos javalis perto dos charcos e dos tatus-bola debaixo das pedras. Ele reencontrava o seu território, e o seu território era o irmão falecido. Eles eram quatro, no fundo, os pais, ele, o menino — e quem poderia julgar?

Uma noite, durante as férias de Páscoa, uma tempestade devastou a montanha. O trovão ressoou seus tambores num céu escuro, raiado pelos relâmpagos. A chuva caiu tão forte e tão repentinamente que o rio encheu num instante. A água tinha cor de chocolate. Ela foi se alastrando. A correnteza arrancou a casca das árvores das margens, que acabaram ficando nuas até a metade. Dava para ouvir sua correria arrastando os galhos e os seixos até lamber a varanda da antiga casa da avó. Nós aguentávamos firme. Sabíamos que uma de nós seria arrancada do muro, que ela rolaria sobre as ardósias do chão, chacoalhada pelo vento. Esse aí é nosso inimigo desde sempre. Muito mais poderoso que o fogo ou a água, que não nos assustam. Só o vento é capaz de nos dissolver.

As luzes dos bombeiros atravessavam o nevoeiro metralhado pela chuva. Num povoado mais remoto, um poste de energia elétrica caíra sobre um telhado, um carro tinha sido arrastado e estava bloqueando o acesso. Chovia tanto que pequenas quedas d'água, esticadas como um fio afiado, desabaram da montanha até a estrada. O caminhão de bombeiros, surpreendido pelo choque da água sobre o teto, quase destruiu a ponte.

Todos conheciam, no entanto, essas explosões de raiva. À tarde, o pai já havia estacionado os carros bem mais alto, levantado as ferramentas, protegido o depósito de lenha, recolhido os móveis de jardim, aberto todos os respiradouros dos porões — era preciso permitir que a água circulasse, nunca deixá-la trancada. O pai, a mãe, o mais velho e o último ficaram postados nas janelas que davam para o rio, para avaliar sua subida e intervir em caso de perigo. Não tiravam os olhos dele. O último tinha se refugiado no quarto do menino. Observava as árvores se retorcendo no vento. Os abetos agitavam seus galhos para cima e para baixo como os pássaros. Ele foi se deixando encher pelo alvoroço, esperando com todas as suas forças que os animais tivessem conseguido se proteger. Ficou listando mentalmente a localização dos ninhos, as cavidades do rio onde os sapos se reproduziam, os covis das raposas, as tocas dos javalis, as rachaduras no muro que abrigavam os lagartos. Não devia ter sobrado muita coisa. A água tinha posto tudo abaixo, privando seus companheiros de abrigo. Mesmo os tatus-bola, certamente fechados, deviam ter saído rolando, carregados pela chuva.

Ele deu um pulo quando ouviu as batidas na porta do pátio.

Era um pastor. Ele estava usando um chapéu de couro de abas largas, franjado de filetes de água, e uma capa de chuva comprida. Apertou a mão do pai. Explicou com uma voz forte, encoberta pela trovoada, que estava procurando fazia alguns dias uma de suas ovelhas e que, com aquele dilúvio, ela tinha ido se esconder no velho moinho. Ela estava doente. Será que nós podíamos ajudá-lo a carregá-la até o seu furgão?

— Claro — disse o pai —, vou chamar os rapazes.

O mais velho e o último calçaram as botas e se cobriram com os seus capuzes. Do lado de fora, era um chapinhar imenso acompanhado de um estrondo. Eles foram avançando com as cabeças baixadas. A chuva martelava nos seus ombros como os punhos de uma criança zangada. Camadas de água esmagadas envolviam os seus tornozelos. Apertaram o passo, atravessaram a ponte; abaixo, a água corria em golfadas escuras. Viraram à esquerda pela passarela e seguiram até o moinho. Curvaram-se ainda mais para passar pela porta baixa.

O último teve a impressão de estar entrando numa caverna. Havia silêncio, sombra e ar fresco. As pedras estavam pingando. Ouvia-se apenas o tilintar da chuva. Na escuridão, ele sentiu uma presença. A ovelha estava deitada. Viu seu flanco bege, anormalmente inchado, as patas finas e os cascos brilhosos. Ela ofegava, inflando o abdômen, no qual ele, sem sucesso, tentou evitar tocar. Era macio. Suas orelhas também, perfuradas com uma plaquinha plástica de identificação, eram aveludadas. A ovelha mantinha os olhos fechados. O último passou delicadamente o dedo sobre aquela pálpebra muito redonda, quase rígida, contornada por longos cílios negros. Seu lábio inferior estava tremendo. Apenas sua respiração curta ressoava, misturada ao tamborilar da chuva. Teve a impressão de ouvir um único e mesmo som, o de um leve trote. Provavelmente a vida indo embora, pensou. À sua frente se erguiam enormes lençóis verdes e cintilantes que mãos faziam ondular. A voz do pai o trouxe de volta ao moinho.

— Me ajuda a tirar ela daí.

Eles seguraram os cascos, contaram até três e a levantaram. Ela pesava bastante. O pastor tinha aberto as portas traseiras do furgão. Ao lado, a silhueta vaporosa do mais velho parecia estar esperando por eles. O capuz escondia seu rosto.

Saindo do moinho, a cabeça da ovelha escorregou dos antebraços do pai e ficou balançando no vazio. Por um breve instante, ela pesou seu peso de carne extinta, varrendo o ar de um modo grotesco. A pele do pescoço estava esticada. Eles balançaram o corpo para tomar impulso. Quando soltaram o animal, o furgão chacoalhou.

— Meteorismo — disse o pai ao pastor, com as mãos apoiadas nos joelhos, recuperando o fôlego.

O pastor concordou.

— Alfafa ou trevo? — perguntou, como se estivesse falando para si mesmo. — De todo modo, meteorismo.

O último poderia ter se deliciado com aquela palavra, mas já não estava mais ouvindo. Estava olhando o corpo grande do seu irmão mais velho dentro do furgão. Ele havia baixado o capuz. Estava de joelhos, debruçado sobre a ovelha, que respirava cada vez mais rápido. Uma espuma branca saía do canto da boca. O mais velho se deitou junto a ela, encostou a testa na dela. Com uma mão, ficou afagando seu flanco intumescido. Isso produzia uma mancha branca que ia e voltava sobre um tecido escuro. Ele murmurava para ela palavras inaudíveis. O último os observava. Os cabelos castanhos do mais velho se confundiam com a pelagem do animal. Teve a impressão de que a chuva estava caindo mais forte, como para isolá-los. *Meu irmão se debruça sobre os problemáticos, ele está no lugar dele*, pensou.

O pai, um pouco envergonhado, arrastou a conversa com o pastor até que o mais velho se levantasse, contemplasse a ovelha e então resolvesse fechar as portas.

— Nos mantenha informados — disse o pai, e o pastor tocou na aba do seu chapéu. Deu a partida no furgão. Os faróis se diluíram naquele ar agitado, depois desapareceram. A voz da mãe os chamou. Eles se dirigiram para casa. No momento de entrar no pátio, quando o vento enfim diminuiu e a chuva começava a perder força, nós vimos o último procurar com a sua mão a do mais velho, que a aceitou.

No jantar, ele tomou coragem, com o coração batendo forte, e apoiou a cabeça no ombro dele. Mais uma vez, o mais velho não se afastou. Então a mãe pegou o telefone celular e fez uma foto deles. Enviou a imagem para a do meio. Se inclinou para o pai e disse, numa voz tão baixa que ninguém mais pôde ouvir:

— Um ferido, uma revoltada, um inadaptado e um bruxo. Belo trabalho.

Sorriram um para o outro.

Descubra a sua próxima
leitura em nossa loja online

dublinense .COM.BR

Composto em DOLLY e impresso na BMF,
em PÓLEN BOLD 90g/m², em AGOSTO de 2022.